瑞蘭國際

瑞蘭國際

Bonjour!

bébé

parfum   pays   été

poisson

蜘蛛網式學習法

12小時法語
發音、單字、會話，
一次搞定

Christophe LEMIEUX-BOUDON
Mandy HSIEH 合著

繽紛外語編輯小組　總策劃

用蜘蛛網式學習法，輕鬆從正確發音，到說出一口美麗的法語！

法語要怎麼學才能說得好呢？除了基礎的文法之外，最重要就是發音了。

發音的重要性，常常被急躁的學習者忽略，以至於一旦學到說和聽，馬上遇到困境，不但聽不懂別人說的話，從自己口中說出來的法語，別人似乎也沒辦法理解，信心因此喪失了一大半。與其事後回過頭來從發音再來過，為什麼不一開始就把基礎扎穩？

好好學發音的好處，不只能正確地說出法語，對於訓練後續看字讀音，聽音拼字的能力也有很大的幫助，如果想要自學法語，這個步驟絕對是關鍵！

而本書，就是一本環繞著基礎發音，採用蜘蛛網式學習法，擴大至單字（從每個基礎的音標，發展出不同的單字，呈現不同的拼音組合），進而擴大至句子（用單字再延伸出句子），最後擴大至會話（將呈現的實用例句，套到生活情境中應用），讓您能在 12 個小時內，一口氣可以開口說出美麗法語的書。

依據這個架構，本書主要分為三大區塊：基本概念、發音和會話。

基本概念歸納於 Part0「用蜘蛛網式核心法，掌握學習法語重點」中。本單元介紹法語的文法架構，法語三十四音標與字母之間的關係，接著深入發音細節。

發音重點在 Part1「用蜘蛛網式連結法，輕鬆學好法語三十四音標，串聯單字與例句」中可以得到最佳的學習。本單元針對法語的十四個母音、三個半母音、十七個子音作說明，搭配單字的陰陽性分類，加上每個單字的例句練習發音。

至於 Part2 的「用蜘蛛網式擴大法，實用會話現學現說」，則為讀者整理常用的「互相認識」、「飯店訂房」、「詢問地點」、「逛街購物」、「咖啡廳點餐」、「餐廳訂位」六種情境會話，讓發音的學習延伸到生活上的應用。

相信藉著這套學習方式，發音的學習成效會更顯著，您也能更快地說出一口好聽易懂的美麗法語。

Boudon　Mandy H

PART 00

用蜘蛛網式核心法，掌握學習法語重點

POINT! 開始吐絲結網，從認識法語開始，接著是三十四個音標、變音符號和連音，一步步認識法語。

法語基本概念

先介紹幾個法語的基本文法架構，讓您能輕易理解書中提供的範例與會話。

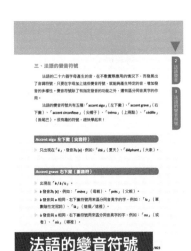

法語的變音符號

法語二十六個字母配合變音符號，增加發音的多樣性。

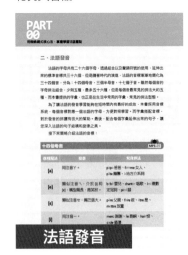

法語發音

法語三十四個音標，分為：十四個母音、三個半母音、十七個子音。

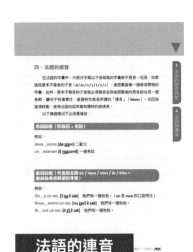

法語的連音

法語中，只要遇到不發音的子音，後面緊接著母音開頭的字彙，就要結合成新的音節，讓句子有連貫性。

PART 01

用蜘蛛網式連結法，輕鬆學好法語三十四個音標，串聯單字與例句

POINT！法語三十四個音標，依照「母音」、「半母音」、「子音」的順序學習。每個音標，皆提供十二個單字、十二個例句（陽性、陰性變化各六個），經由蜘蛛網般的脈絡串連起來，一線連結一線，結合成綿密的學習網絡。

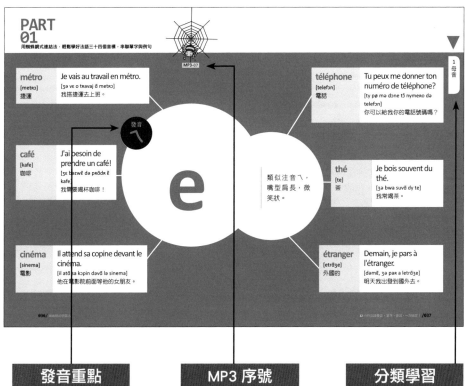

PART 01
用蜘蛛網式連結法，輕鬆學好法語三十四個音標，串聯單字與例句

MP3-07

métro	Je vais au travail en métro.
[metʀo]	[ʒə vɛ o tʀavaj ɑ̃ metʀo]
捷運	我搭捷運去上班。

發音 ㄟ

café	J'ai besoin de prendre un café!
[kafe]	[ʒɛ bəzwɛ̃ də pʀɑ̃dʀ œ̃ kafe]
咖啡	我需要喝杯咖啡！

cinéma	Il attend sa copine devant le cinéma.
[sinema]	[il atɑ̃ sa kɔpin dəvɑ̃ lə sinema]
電影	他在電影院前面等他的女朋友。

e

類似注音ㄟ，嘴型扁長，微笑狀。

téléphone	Tu peux me donner ton numéro de téléphone?
[telefɔn]	[ty pø mə dɔne tɔ̃ nymeʀo də telefɔn]
電話	你可以給我你的電話號碼嗎？

thé	Je bois souvent du thé.
[te]	[ʒə bwa suvɑ̃ dy te]
茶	我常喝茶。

étranger	Demain, je pars à l'étranger.
[etʀɑ̃ʒe]	[dəmɛ̃, ʒə paʀ a letʀɑ̃ʒe]
外國的	明天我出發到國外去。

1 母音

036/法語用法學習法

12 小時法語發音、單字、會話，一次搞定！/037

發音重點

搭配相近的注音和國字發音，輔助發音！

MP3 序號

配合 MP3 學習，法語發音就能更快琅琅上口！

分類學習

法語三十四個音標，依照「母音」、「半母音」、「子音」的順序學習！

發音說明

除了提供相似的注音和國字發音外，還有嘴型及送氣與否的說明，輕鬆好學習！

生活單字

每學完一個音，立刻就能學到六個生活單字，簡單開口說！

陽性變化

深色底的頁面為陽性變化，學習時請注意！

陰性變化

淺色底的頁面為陰性變化，學習時請注意！

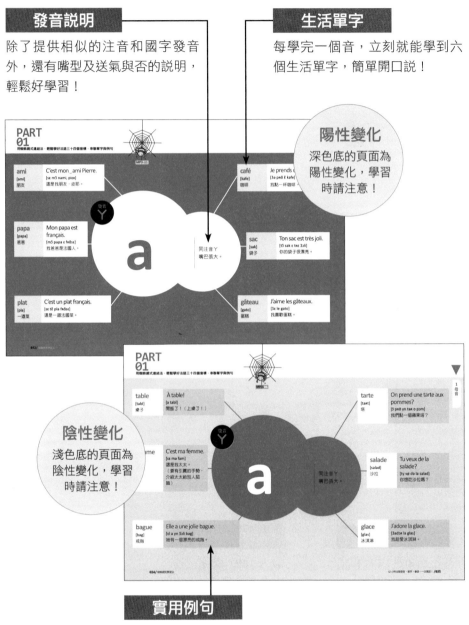

實用例句

每學完一個法語單字，馬上學到一句實用例句，練習零負擔！

PART 02

用蜘蛛網式擴大法，實用會話現學現說

POINT！打好蜘蛛網基本發音後，接著擴大延伸學習「實用會話」。特選「互相認識」、「飯店訂房」、「詢問地點」、「逛街購物」、「咖啡廳點餐」、「餐廳訂位」六種情境主題，開口說法語一點都不難！

PART 02
蜘蛛網式擴大法．實用會話現學現說

六、餐廳訂位
Arriver au restaurant 抵達餐廳

02 Serveur 服務生

▶ Bonjour Monsieur, pour combien de personnes?
[bɔ̃ʒuʀ məsjø, puʀ kɔ̃bjɛ̃ də pɛʀsɔn] 先生您好，請問幾位？

▶ Vous _ avez réservé?
[vu zave ʀezɛʀve] 請問您訂位了嗎？

▶ Voici la carte.
[vwasi la kaʀt] 這是菜單。

02 Client 顧客

▶ C'est pour cinq personnes.
[sɛ puʀ sɛ̃k pɛʀsɔn] 五位。

▶ Oui, au nom de Dupont.
[wi, o nɔ̃ də dypɔ̃] 以杜邦的名字訂位。

▶ Merci.
[mɛʀsi] 謝謝。

182/ 蜘蛛網式擴大法

03 Plats français 常見法式主菜

▶ confit de canard
[kɔ̃fi də kanaʀ] 油封鴨腿

▶ bœuf bourguignon
[bœf buʀginɔ̃] 勃艮第紅酒燉牛肉

▶ bouillabaisse
[bujabɛs] 馬賽魚湯

▶ moules frites
[mul fʀit] 淡菜＋薯條

▶ quiche lorraine
[kiʃ lɔʀɛn] 洛林鹹派

▶ magret de canard
[magʀɛ də kanaʀ] 煎鴨

6 餐廳訂位

12 小時法語發音．單字．會話，一次搞定！/183

貼心音標
每句會話都搭配音標，法語輕鬆開口說！

中文翻譯
會話皆附有中文翻譯，了解會話句意好放心！

延伸單字
情境會話延伸單字，搭配會話使用好方便！

▶ 目錄

作者序　**用蜘蛛網式學習法，輕鬆從正確發音，到說出
　　　　一口美麗的法語！**……002
如何使用本書……004

PART
00 用蜘蛛網式核心法，掌握學習法語重點

一、法語基本概念　……012
二、法語發音　　　……016
三、法語的變音符號……023
四、法語的連音　　……025

PART
01 用蜘蛛網式連結法，輕鬆學好法語
三十四個音標，串聯單字與例句

一、母音……031

[a] ……032	[ɔ] ……060
[e] ……036	[ø] ……064
[ɛ] ……040	[ə] ……068
[i] ……044	[œ] ……072
[u] ……048	[ɛ̃] ……076
[y] ……052	[ɑ̃] ……080
[o] ……056	[ɔ̃] ……084

二、半母音……089

[j] ……090

[w] ……098

[ɥ] ……094

三、子音……103

[p] ……104

[g] ……140

[b] ……108

[m] ……144

[t] ……112

[n] ……148

[d] ……116

[l] ……152

[f] ……120

[ʀ] ……156

[v] ……124

[ʒ] ……160

[s] ……128

[ʃ] ……164

[z] ……132

[ɲ] ……168

[k] ……136

PART 02 用蜘蛛網式擴大法，實用會話現學現說

一、互相認識　……174

二、飯店訂房　……175

三、詢問地點　……176

四、逛街購物　……177

五、咖啡廳點餐……179

六、餐廳訂位　……182

Bonjour.
[bɔ̃ʒuʀ]
您好。

PART0

用蜘蛛網式核心法，掌握學習法語重點

法語，不僅因為文法的嚴謹，它的音韻之美更讓這個語言，曾經一度成為歐洲的貴族語言。至今仍有許多人因為法式甜點、法國電影中浪漫的對白、法國人優雅的生活方式、法式精品……而想學法語，卻又覺得法語好像不是很好學，其實只要掌握幾個學習重點，學法語一點都不難。

接下來，本單元將以「蜘蛛網式核心法」，帶您先深入了解「法語基本概念」、「法語發音」、「法語的變音符號」、「法語的連音」等四大重點，讓您邁向學習法語的第一步！

一、法語基本概念

在開始學習發音前，先介紹幾個法語的基本的文法概念，讓您在學習發音的同時，也能輕易地理解書中提供的範例與會話。

讓我們從法語的簡單句型（主詞＋動詞＋受詞）著手，一步步地劃出法語的大致輪廓。

概念 1：主詞

法文	je	tu	il	elle	on
中文	我	你	他	她	我們（口語）
法文	nous	vous	ils	elles	
中文	我們	你們 您 您們	他們	她們	

概念 2：動詞

動詞的變化和主詞有分不開的關係。je、tu、nous、vous 各有各的變化，然而，il / elle / on 的變化相同，而 ils / elles 的變化相同。

種類	動詞結尾	特性
第一類	以 ER 結尾	規則動詞（去 er，再依主詞加上字尾變化）。 以「parler」（說）現在陳述式為例： je parle tu parles il / elle / on parle nous parlons vous parlez ils / elles parlent
第二類	以 IR 結尾	規則動詞（去 ir，再依主詞加上字尾變化）。 以「finir」（結束）現在陳述式為例： je finis tu finis il / elle / on finit nous finssons vous finssez ils / elles finissent
第三類	不屬於 ER 和 IR 結尾的動詞	不規則動詞，沒有特定明顯的規則，許多常用的動詞多屬這類。 以「avoir」（有）現在陳述式為例： j'ai tu as il / elle / on a nous avons vous avez ils / elles ont

概念 3：受詞

　　簡單可歸類為：形容詞和名詞（包括冠詞）。精確的法語，不僅主詞有陰陽性之分，形容詞和名詞也有陰陽性之別。

形容詞的陰陽性變化，主要有兩種：

中文	陽性形容詞	陰性形容詞	特性
小的	petit	petite	陽性形容詞＋e＝陰性形容詞
快樂	heureux	heureuse	陽性形容詞 x 結尾，去 x 再＋se＝陰性形容詞

名詞的陰陽性變化，主要有三種：

中文	陽性名詞	陰性名詞	特性
學生	étuidant	étudiante	陽性名詞＋e＝陰性名詞
售貨員	vendeur	vendeuse	陽性名詞 r 結尾，去 r 再＋se＝陰性名詞
演員	acteur	actrice	陽性名詞 teur 結尾，去 eur 再＋rice＝陰性名詞

概念 4：法文的冠詞

　　依據指定或不指定分成：定冠詞和不定冠詞。配合使用的名詞（人、事、物）的陰陽性決定。

不定冠詞（不指定）

	陽性	陰性	中文
單數	un	une	一個
複數	des	des	一些

例如：

une table（一張桌子）、**un livre**（一本書）。
des tables（一些桌子）、 **des livres**（一些書）。

冠詞（指定）

	陽性	陰性	中文
單數	le	la	那個
複數	les	les	那些

例如：

la table（那張桌子）、**le livre**（那本書）。
les tables（那些桌子）、 **les livres**（那些書）。

二、法語發音

　　法語的字母共有二十六個字母，透過組合以及聲調符號的使用，延伸出來的標準音標共三十六個，但是隨著時代的演進，法語的音標漸漸地簡化為三十四個音，分為：十四個母音、三個半母音、十七個子音。雖然每個音的字母拼法組合，少則五種，最多五十六種，但是每個音最常見的拼法大約五種，而本書提供的字彙，也正是在生活中常用的字彙、常見的拼法型態。

　　為了讓法語的發音學習能夠在短時間內有最好的成效，本書採用音標系統，每個音標對應一個法語的字母，方便對照學習。而字彙搭配音標，對於發音的拼讀有很大的幫助。最後，配合每個字彙延伸出來的句子，讓您深入法語的句子結構和旋律之美。

　　接下來簡略介紹法語的音標：

十四個母音

MP3-01

音標寫法	發音	常見拼法
[a]	同注音ㄚ。	papa 爸爸、femme 女人、pâte 麵團、à 地方介系詞
[e]	類似注音ㄟ，介於 [i] 和 [ɛ]，嘴型扁長，微笑狀。	bébé 嬰兒、chanter 唱歌、les 複數定冠詞、pied 腳
[ɛ]	類似注音ㄝ，嘴巴張大。	père 父親、faire 做、être 是、mettre 放置
[i]	同注音ㄧ。	merci 謝謝、île 島嶼、haïr 恨、cycle 循環

音標寫法	發音	常見拼法
[y]	同注音ㄩ。	rue 路、sûr 確定、eu 過去分詞、bus 公車
[u]	同注音ㄨ。	pour 為了、où 哪裡、goût 味道、foot 足球
[ø]	類似注音ㄜ，但是又輕又短。	peu 少、bleu 藍色、eux 他們（受詞）、Europe 歐洲
[ə]	同注音ㄜ。	le 陽性單數定冠詞、me 我（受詞）、dessus 在上方、regarder 看
[œ]	類似注音ㄜ，但是音重且長。	heure 點鐘、œuf 蛋、sœur 姐妹、docteur 醫生
[o]	同注音ㄡ。	beau 帥、dos 背、haut 高的、côte 岸邊
[ɔ]	同注音ㄛ，嘴型較 [o] 大。	alors 那麼、fort 厲害、donner 給予、maximum 最大
[ɛ̃]	鼻母音，嘴型微笑，類似注音ㄤ、。	vin 酒、bain 泡澡、rien 什麼都沒有、brun 棕髮、faim 餓、plein 滿
[ɑ̃]	鼻母音，嘴巴張大，類似注ㄨㄥ、。	vent 風、français 法語、chambre 房間、client 顧客
[ɔ̃]	鼻母音，嘴巴只留一個小口，類似蜜蜂「嗡嗡」聲。	mon 我的、pont 橋、ombre 陰影

　　您也可以參照「母音發音簡圖」配合 MP3 一起練習，透過嘴型和唇形的變化，就更能掌握母音的發音訣竅！

母音發音簡圖

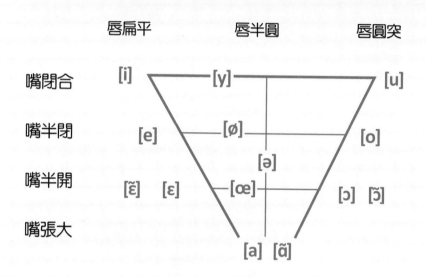

	唇扁平	唇半圓	唇圓突
嘴閉合	[i]	[y]	[u]
嘴半閉	[e]	[ø]	[o]
		[ə]	
嘴半開	[ɛ̃] [ɛ]	[œ]	[ɔ] [ɔ̃]
嘴張大		[a] [ɑ̃]	

半母音

MP3-02

半母音因前面或後面緊接著一個母音，因此音長較一般母音短。

音標寫法	發音	常見拼法
[j]	在字首，發 [i] 但是音短。 在字尾，發 [i] + 很輕的 [ə]。	hier 昨天、yeux 雙眼、travail 工作、fille 女孩
[ɥ]	發 [y] 但是音短。	huit 八、fruit 水果、lui 他、nuage 雲
[w]	發 [u] 但是音短。	moi 我、jouer 玩、oui 是的、loin 遠

十七個子音

音標寫法	發音	常見拼法
[p]	類似注音ㄆ，感受到空氣排出。	papa 爸爸、pour 為了、place 位子
[b]	類似注音ㄅ，感受到聲帶振動。	bus 公車、bien 好、robe 洋裝
[t]	類似注音ㄊ，感受到空氣排出。	table 桌子、thé 茶、baguette 長棍
[d]	類似注音ㄉ，感受到聲帶振動。	demain 明天、idée 點子、mode 模式
[f]	類似注音ㄈ，感受到空氣排出。	neuf 九、facile 簡單、typhon 颱風
[v]	類似注音ㄈ，感受到聲帶振動。	vin 酒、voilà 在這裡、rêve 夢
[s]	類似注音ㄙ。	six 六、russe 俄羅斯人、ici 這裡、leçon 課
[z]	類似「茲」，聲帶要振動。	zéro 零、seize 十六、poison 毒藥
[k]	類似注音ㄎ。	café 咖啡、quand 何時、kilo 公斤
[g]	類似注音ㄍ，聲帶要振動。	gâteau 蛋糕、grand 高大的、bague 戒指

音標寫法	發音	常見拼法
[m]	類似注音ㄇ。	maman 媽媽、aimer 愛、femme 女人
[n]	類似注音ㄋ。	nord 北方、anniversaire 生日、chinois 中國人
[l]	類似注音ㄌ。	lit 床、belle 美、mal 糟
[R]	類似「喝」，像漱口由舌後發出的振動音。	riz 米、amour 愛情、maire 市長
[ʒ]	類似「具」，但是音短。	joli 漂亮、géant 巨大的、rouge 紅色
[ʃ]	類似「噓」。	chocolat 巧克力、riche 富有、acheter 買
[ɲ]	類似「涅」，但是音短。	champagne 香檳、Espagne 西班牙

法語的二十六個字母

MP3-04

學完了法語的三十四個音標，現在您也可以看著音標讀出法語的字母。對法國人而言，音標是不存在的系統，因為他們從小就是看著字母讀出可能會發出的音，也就是所謂的自然發音。所以現在就跟著 MP3，一起跟著法籍老師唸唸看吧！

大寫	小寫	讀法	可能發的音
A	a	[a]	[a]
B	b	[be]	[b]
C	c	[se]	[s] 或 [k]
D	d	[de]	[d]
E	e	[ə]	[ə] 或 [ɛ]
F	f	[ɛf]	[f]
G	g	[ʒe]	[ʒ] 或 [g]
H	h	[aʃ]	不發音
I	i	[i]	[i]
J	j	[ʒi]	[ʒ]
K	k	[ka]	[k]
L	l	[ɛl]	[l]
M	m	[ɛm]	[m]
N	n	[ɛn]	[n]

大寫	小寫	讀法	可能發的音
O	o	[o]	[o] 或 [ɔ]
P	p	[pe]	[p]
Q	q	[ky]	[k]
R	r	[ɛʀ]	[ʀ]
S	s	[ɛs]	[s]
T	t	[te]	[t]
U	u	[y]	[y]
V	v	[ve]	[v]
W	w	[dublve]	[w]
X	x	[iks]	[s] 或 [ks] 或 [gz]
Y	y	[igʀɛk]	[i]
Z	z	[zɛd]	[z]

＊注意

1）法語中的字母 H / h，在法語字彙中本身是不發音的。

2）c + a / o / u 發 [k]，c + e / i 發 [s]。

3）g + a / o / u 發 [g]，g + e / i 發 [ʒ]。

4）x 字尾發 [s]，在字首或字中或 [ks] 或 [gz]。

三、法語的變音符號

　　法語的二十六個字母產生的音，在不敷實際應用的情況下，而發展出了音調符號，只要在字母加上這些變音符號，就能夠產生特定的音，增加發音的多樣性。變音符號除了有指定發音的功能之外，還有區分同音異字的作用。

　　法語的變音符號共有五種：「accent aigu」（左下撇）、「accent grave」（右下撇）、「accent circonflexe」（尖帽子）、「tréma」（上兩點）、「cédille」（掛尾巴）。很有趣的符號，趕快學起來！

Accent aigu 左下撇（尖音符）

▷ 只出現在「é」，發音為 [e]，例如：「été」（夏天）、「éléphant」（大象）。

Accent grave 右下撇（重音符）

▷ 出現在「è / à / ù」。

▷ è 發音為 [ɛ]，例如：「mère」（母親）、「près」（父親）。

▷ à 發音與 a 相同，右下撇符號用來區分同音異字的字，例如：「la」（單數陰性定冠詞）、「là」（這個／這裡）。

▷ ù 發音與 u 相同，右下撇符號用來區分同音異字的字，例如：「ou」（或者）、「où」（哪裡）。

Accent circonflexe 尖帽子

▶ 出現在「â / ê / î / ô / û」，音長較長。

▶ ê 發音為 [ɛ]，音稍微拉長，例如：「tête」（頭）、「forêt」（森林）。

▶ â 發音與 a 相同，音稍微拉長，例如：「grâce」（恩寵）、「château」（城堡）。

▶ î 發音與 i 相同，音稍微拉長，例如：「île」（島嶼）、「boîte」（盒子）。

▶ ô 發音與 o 相同，音稍微拉長，例如：「nôtre」（我們的）、「hôpital」（醫院）。

▶ û 發音與 u 相同，音稍微拉長，例如：「sûr」（確定）、「mûre」（桑椹）。

Tréma 上兩點

▶ 出現在「ï / ë」，該母音必須單獨發一個音節。

▶ ï 發音與 i 相同，例如：「naïve」（天真的）、「égoïste」（自私的）。

▶ ë 發音為 [ɛ]，例如：「Noël」（聖誕節）、「Israël」（以色列）。

Cédille 掛尾巴

▶ 只出現在「ç」，發音為 [s]，例如：「ça」（這個）、「garçon」（男孩）。

四、法語的連音

在法語的字彙中，大部分字尾以子音結尾的字彙都不發音。但是，如果這些原本不發音的子音（d / m / n / s / t / x / z），後面緊接著一個母音開頭的字彙，此時，原本不發音的子音就必須發音並與後面緊接的母音結合成一個音節，讓句子有連貫性，這個特性就是所謂的「連音」（liaison）。也因為這項特點，使得法語唸起來擁有獨特的旋律美。

以下幾個情況下必須要連音：

名詞詞組（形容詞 + 名詞）

例如：

deux‿euros [dø zœro] 二歐元

un‿examen [ɛ̃ nɛgzamɛ̃] 一個考試

動詞詞組（代名詞主詞 on / nous / vous / ils / elles + 動詞為母音開頭的字彙）

例如：

On‿a un sac. [ɔ̃ na ɛ̃ sak]　我們有一個包包。（on 是 nous 的口語用法）

Nous‿avons un sac. [nu zavɔ̃ ɛ̃ sak]　我們有一個包包。

Ils‿ont un sac. [il zɔ̃ ɛ̃ sak]　他們有一個包包。

動詞 est（être 的單數第三人稱變化）之後接母音開頭的字彙

例如：

C'est ⌣une jolie fille. [sɛ tyn ʒɔli fij]　那是一個漂亮的女孩。

Il est ⌣arrivé. [il ɛ taʀive]　他到了。

短副詞（單音節的副詞）之後

例如：

bien ⌣amusé [bjɛ̃ namyze]　玩得盡興

dans ⌣un bus [dɑ̃ zɛ̃ bys]　在一輛公車上

chez eux [ʃe zœ]　他們家

疑問詞 Quand

例如：

Quand ⌣est-ce qu'il vient? [kɑ̃ tɛ s kil vjɛ̃]　他什麼時候來？

Quand ⌣il viendra. [kɑ̃ til vjɛ̃dʀa]　當他來的時候。

既定用法

例如：

avant-hier [avɑ̃ ti̠ɛʀ]　前天

c'est-à-dire [sɛ ta̠ diʀ]　也就是説

plus‿ou moins [ply z̠u mwɛ̃]　或多或少

＊連音時必須注意的變音

1）[s] 變為 [z]。

2）[d] 變為 [t]。

3）[f] 變為 [v]。

ça va?

[sa va]

你好嗎？

PART1

用蜘蛛網式連結法，
輕鬆學好法語三十四個音標，
串聯單字與例句

在這個單元中，我們將依照「母音」、「半母音」、「子音」的學習順序，並搭配法語中單字的陰陽性變化，讓您一次熟悉法語三十四個音標。此外，還用蜘蛛網狀的延伸方式，讓您認識音標，同時學會六個單字和説出實用的六個例句，將發音、單字和例句一次搞定。

請注意，每個音標均有二個跨頁的學習。一個跨頁是「陽性」的變化，第二個跨頁是「陰性」的變化。

請您跟著 MP3 一起學習，法語聽、説、讀、寫同步一把罩！

Bonne journée!

[bɔn ʒuʁne]

祝您有美好的一天！

1

母音

法語的母音總共十四個，其中包含十一個口腔母音，三個鼻腔母音 [ɛ̃]、[ɑ̃]、[ɔ̃]。發音的技巧著重在嘴形的開合大小和發音的位置，在開始學習母音時，可以一邊參考 PART0 的「母音發音簡圖（P.018），一邊配合每個母音的發音說明，幫助您正確地發音。此外，由每個母音延伸出來的字彙，可以觀察到不同母音的常見拼字組合，對於日後不需音標，看字就能讀音有很大的助益。

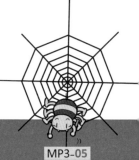

MP3-05

ami
[ami]
朋友

C'est mon‿ami Pierre.
[sɛ mɔ̃ nami, piɛʀ]
這是我朋友，皮耶。

發音
Y

papa
[papa]
爸爸

Mon papa est français.
[mɔ̃ papa ɛ fʀɑ̃sɛ]
我爸爸是法國人。

a

plat
[pla]
一道菜

C'est un plat français.
[sɛ tɛ̃ pla fʀɑ̃sɛ]
這是一道法國菜。

café

[kafe]

咖啡

Je prends un café.

[ʒə pʀɑ̃ ɛ̃ kafe]

我點一杯咖啡。

同注音ㄚ
嘴巴張大。

sac

[sak]

袋子

Ton sac est très joli.

[tɔ̃ sak ɛ tʀɛ ʒɔli]

你的袋子很漂亮。

gâteau

[gato]

蛋糕

J'aime les gâteaux.

[ʒɛm le gato]

我喜歡蛋糕。

MP3-06

table
[tabl]
桌子

À table!
[a tabl]
開飯了！（上桌了！）

發音
Y

a

femme
[fam]
女人

C'est ma femme.
[sɛ ma fam]
這是我太太。
（要有引薦的手勢，
介紹太太給別人認
識）

bague
[bag]
戒指

Elle a une jolie bague.
[ɛl a yn ʒɔli bag]
她有一個漂亮的戒指。

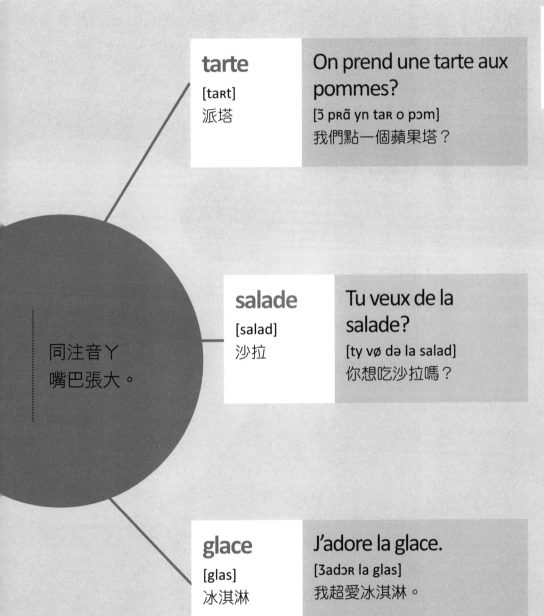

tarte
[taʀt]
派塔

On prend une tarte aux pommes?
[ɔ̃ pʀɑ̃ yn taʀ o pɔm]
我們點一個蘋果塔？

salade
[salad]
沙拉

Tu veux de la salade?
[ty vø də la salad]
你想吃沙拉嗎？

同注音ㄚ
嘴巴張大。

glace
[glas]
冰淇淋

J'adore la glace.
[ʒadɔʀ la glas]
我超愛冰淇淋。

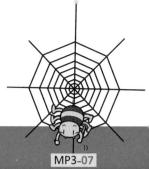

MP3-07

métro

[metʀɔ]

捷運

Je vais au travail en métro.

[ʒə vɛ o tʀavaj ã metʀɔ]

我搭捷運去上班。

發音

ㄟ

e

café

[kafe]

咖啡

J'ai besoin de prendre un café!

[ʒɛ bəzwɛ̃ də pʀɑ̃dʀ ɛ̃ kafe]

我需要喝杯咖啡！

cinéma

[sinema]

電影

Il attend sa copine devant le cinéma.

[il atã sa kɔpin dəvã lə sinema]

他在電影院前面等他的女朋友。

téléphone

[telefɔn]

電話

Tu peux me donner ton numéro de téléphone?

[ty pø mə dɔne tɔ̃ nymeʀo də telefɔn]

你可以給我你的電話號碼嗎？

類似注音ㄟ，嘴型扁長，微笑狀。

thé

[te]

茶

Je bois souvent du thé.

[ʒə bwa suvɑ̃ dy te]

我常喝茶。

étranger

[etrɑ̃ʒe]

外國的

Demain, je pars à l'étranger.

[dəmɛ̃, ʒə paʀ a letrɑ̃ʒe]

明天我出發到國外去。

MP3-08

écharpe

[eʃaʀp]
圍巾

J'ai oublié mon‿écharpe à la maison!

[ʒɛ ublije mõ neʃaʀp a la mɛzõ]
我把圍巾忘在家裡了！

發音
ㄟ

e

télévision

[televizjõ]
電視

Il y a quoi à la télévision ce soir?

[il ja kwa a la televizjõ sə swaʀ]
今晚電視有什麼節目？

fumée

[fyme]
煙

Il n'y a pas de fumée sans feu.

[il ni a pɑ də fyme sã fø]
無風不起浪。
（有煙就一定有火 = 沒有火就不會有煙。）

école

[ekɔl]
學校

Les‿enfants sont‿à l'école.

[le zã fã sɔ̃ ta lekɔl]
小孩們在學校。

éolienne

[eɔljɛn]
風力發動機

Il a une éolienne dans son jardin.

[il a yn eɔljɛn dã sɔ̃ ʒaʀdɛ̃]
他的花園裡有一台風力發電機。

類似注音ㄟ，嘴型扁長，微笑狀。

étrangère

[etʀã ʒɛʀ]
外國的

Elle ne parle aucune langue étrangère.

[ɛl nə paʀl okyn lãg etʀã ʒɛʀ]
她不會說任何一種外語。

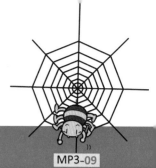

MP3-09

sel
[sɛl]
鹽巴

Ce plat manque de sel.
[sə pla mãk də sɛl]
這道菜少了點鹽巴。

發音
ㄝ

ɛ

père
[pɛʀ]
父親

Son père est très grand!
[sõ pɛʀ ɛ tʀɛ gʀã]
他父親很高！

lait
[lɛ]
牛奶

Il met du lait dans son café.
[il mɛ dy lɛ dã sõ kafe]
他在咖啡裡加了一點牛奶。

verre

[vɛʀ]

玻璃杯

Vous voulez un verre d'eau?

[vu vule ɛ̃ vɛʀ do]

您想要一杯水嗎?

類似注音ㄝ，
嘴巴張大。

frère

[fʀɛʀ]

兄弟

Son petit frère a dix‿ans.

[sɔ̃ pəti fʀɛʀ a di zɑ̃]

他的弟弟十歲了。

miel

[mjɛl]

蜂蜜

J'adore le miel de lavande!

[ʒadɔʀ lə mjɛl də lavɑ̃d]

我超愛薰衣草蜂蜜！

MP3-10

crêpe
[kʀɛp]
法式可麗餅

Tu veux une crêpe au chocolat?
[ty vø yn kʀɛp o ʃɔkɔla]
你想要一個巧克力口味的可麗餅嗎？

發音
ㄝ

ɛ

mère
[mɛʀ]
母親

Elle part en vacances chez sa mère.
[ɛl paʀ ã vakãs ʃe sa mɛʀ]
她前往她母親家度假。

crème
[kʀɛm]
奶油

J'ai besoin de crème pour faire la quiche.
[ʒɛ bəzwɛ̃ də kʀɛm puʀ fɛʀ la kiʃ]
我需要酸奶油做法式鹹派。

類似注音ㄝ，
嘴巴張大。

baguette
[bagɛt]
長棍

Je sors acheter une baguette de pain.
[ʒə sɔʀ aʃte yn bagɛt də pɛ̃]
我出門去買一條長棍麵包。

maison
[mɛzɔ̃]
房子

J'ai une maison à la campagne.
[ʒɛ yn mɛzɔ̃ a la kɑ̃paɲ]
我在鄉下有一棟房子。

mer
[mɛʀ]
海洋

Cet été je pars en vacances à la mer.
[sɛt ete ʒə paʀ ɑ̃ vakɑ̃s a la mɛʀ]
這個夏天我要去海邊度假。

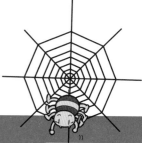

fils

[fis]

兒子

Mon‿ami a deux fils.

[mɔ̃ nami a dø fis]

我的朋友有兩個兒子。

發音

i

rythme

[ʀitm]

旋律

J'aime le rythme de cette chanson.

[ʒɛm lə ʀitm də sɛt ʃɑ̃sɔ̃]

我喜歡這首歌的旋律。

village

[vilaʒ]

村莊

Il y a un village magnifique près d'ici.

[il ja ɛ̃ vilaʒ maɲifik pʀɛ disi]

這附近有一個很漂亮的村莊。

lit

[li]

床

Je vais au lit.

[ʒə vɛ o li]

我要上床去了。

同注音一。

dîner

[dine]

晚餐

Le dîner est prêt!

[lə dine ɛ pʀɛ]

晚餐好了！

maïs

[mais]

玉米

Ce champs de maïs est‿immense!

[sə ʃã də mais ɛ timãs]

這個玉米田真是廣大！

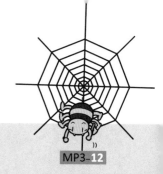

MP3-12

fille

[fij]

女兒

Ma fille est pianiste.

[ma fij ɛ pjanist]

我的女兒是鋼琴師。

發音

一

i

île

[il]

島嶼

Je veux aller vivre sur une île.

[ʒə vø ale vivʀ syʀ yn il]

我想去一座島嶼上生活。

ville

[vil]

城市

Paris est‿ une très belle ville.

[paʀi ɛ tyn tʀɛ bɛl vil]

巴黎是一個很美麗的城市。

psychologie

[psikɔlɔʒi]
心理學

Anne est‿étudiante en psychologie.
[an ɛ tetydjɑ̃t ɑ̃ psikɔlɔʒi]
安娜是心理學系的學生。

machine

[maʃin]
機器

Ta serviette est dans la machine à laver.
[ta sɛʀvjɛt ɛ dɑ̃ la maʃin a lave]
你的浴巾在洗衣機裡。

同注音一。

Italie

[itali]
義大利

Il y a beaucoup de musées en‿Italie.
[il ja boku də myze ɑ̃ nitali]
義大利有很多博物館。

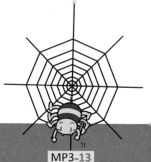

MP3-13

jour
[ʒuʀ]
天

Mon‿anniversaire est dans deux jours.
[mɔ̃ nanivɛʀsɛʀ ɛ dɑ̃ dø ʒuʀ]
兩天後就是我的生日了。

發音
×

poulet
[pulɛ]
雞肉

J'ai envie de manger du poulet au curry.
[ʒɛ ɑ̃vi də mɑ̃ʒe dy pulɛ o kyʀi]
我想要吃咖喱雞肉。

goûter
[gute]
點心

Les‿enfants prennent leur goûter.
[le zɑfɑ pʀɛn lœʀ gute]
孩子們在吃點心。

boulanger

[bulɑ̃ʒe]

麵包師傅

Mon père est boulanger.

[mɔ̃ pɛʀ ɛ bulɑ̃ʒe]

我的父親是麵包師傅。

同注音ㄨ。

amour

[amuʀ]

愛情

Elle le regarde avec amour!

[ɛl lə ʀəgaʀd avɛk amuʀ]

她深情款款地看著他！

foot

[fut]

足球

Je regarde souvent le foot à la télé.

[ʒə ʀəgaʀd suvɑ̃ lə fut a la tele]

我時常收看電視上的足球賽。

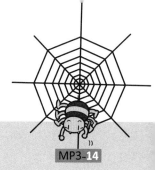

MP3-14

journée

[ʒuʀne]

日子／一整天

Aujourd'hui, c'est la journée de la femme!

[oʒuʀdɥi, sɛ la ʒuʀne də la fam]

今天是婦女節！（今天是女人的日子！）

發音

✕

u

soupe

[sup]

湯

Il fait froid, j'ai envie d'une soupe!

[il fɛ fʀwa, ʒɛ ãvi dyn sup]

天氣冷，我想要喝湯！

boulangerie

[bulãʒʀi]

麵包店

La boulangerie est fermée le lundi.

[la bulãʒʀi ɛ fɛʀme lə lɛ̃di]

那間麵包店星期一休息。

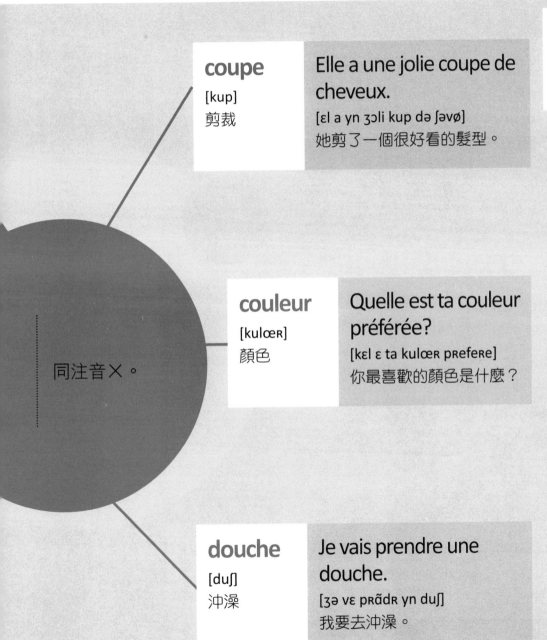

coupe
[kup]
剪裁

Elle a une jolie coupe de cheveux.
[ɛl a yn ʒɔli kup də ʃəvø]
她剪了一個很好看的髮型。

couleur
[kulœʀ]
顏色

Quelle est ta couleur préférée?
[kɛl ɛ ta kulœʀ pʀefeʀe]
你最喜歡的顏色是什麼？

同注音ㄨ。

douche
[duʃ]
沖澡

Je vais prendre une douche.
[ʒə vɛ pʀɑ̃dʀ yn duʃ]
我要去沖澡。

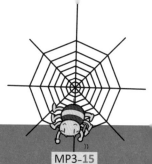

MP3-15

sucre

[sykʀ]

糖

Je ne dois pas manger de sucre.

[ʒə nə dwa pa mãʒe də sykʀ]

我不應該吃糖。

發音

u

y

bus

[bys]

公車

Les‿enfants vont‿
à l'école en bus.

[le zãfã võ ta lekɔl ã bys]

孩子們坐公車去學校。

bureau

[byʀo]

辦公室

L'imprimante est dans le bureau.

[lɛ̃ pʀimãt ɛ dã lə byʀo]

印表機在辦公室裡。

jus
[ʒy]
果汁

Je bois un jus de fruit tous les matins.

[ʒə bwa ɛ̃ ʒy də fʀɥi tu le matɛ̃]
我每天早上都喝一杯果汁。

同注音ㄩ。

légume
[legym]
蔬菜

Elle fait pousser des légumes dans son jardin.

[ɛl fɛ puse de legym dɑ̃ sɔ̃ ʒaʀdɛ̃]
她在花園裡種菜。

musée
[myze]
博物館

Le musée du Louvre est‿à Paris.

[lə myze dy luvʀ ɛ ta paʀi]
羅浮宮博物館在巴黎。

MP3-16

rue
[ʀy]
街／路

Cette rue est piétonne.
[sɛt ʀy ɛ pjetɔn]
這條路是人行道。

發音
ㄩ

y

musique
[myzik]
音樂

J'écoute de la musique classique.
[ʒekut də la myzik klasik]
我聽古典音樂。

lunettes
[lynɛt]
眼鏡

Jean a des nouvelles lunettes.
[ʒã a de nuvɛl lynɛt]
尚有新的眼鏡。

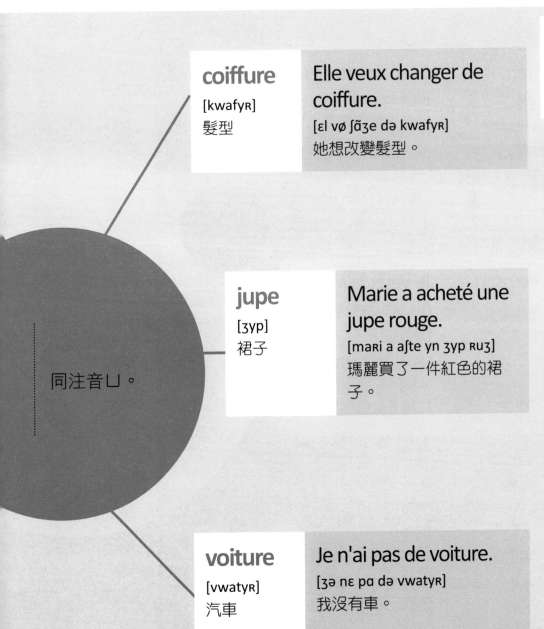

coiffure

[kwafyʀ]
髮型

Elle veux changer de coiffure.

[ɛl vø ʃãʒe də kwafyʀ]
她想改變髮型。

jupe

[ʒyp]
裙子

Marie a acheté une jupe rouge.

[maʀi a aʃte yn ʒyp ʀuʒ]
瑪麗買了一件紅色的裙子。

同注音ㄩ。

voiture

[vwatyʀ]
汽車

Je n'ai pas de voiture.

[ʒə nɛ pɑ də vwatyʀ]
我沒有車。

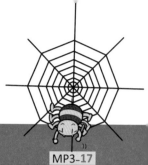

MP3-17

vélo	Ce vélo est très cher!
[velo]	[sə velo ɛ tʀɛ ʃɛʀ]
自行車	這台自行車很貴！

發音
ㄡ

bateau	Je veux faire un voyage en bateau.
[bato]	[ʒə vø fɛʀ ɛ̃ vwajaʒ ɑ̃ bato]
船	我想要坐船旅行。

O

hôtel	C'est‿un‿hôtel de luxe.
[otɛl]	[sɛ tɛ̃ notɛl də lyks]
飯店	這是一間非常高級的飯店。

couteau

[kuto]
刀子

Ce couteau coupe mal.

[sə kuto kup mal]
這把刀子不好切。

同注音ㄡ。

dos

[do]
背

Je n'ai plus mal au dos.

[ʒə nɛ ply mal o do]
我的背不會痛了。

gros

[gʀo]
胖的

Il y a un gros chat dehors!

[il ja ɛ̃ gʀo ʃa dəɔʀ]
有一隻很胖的貓在外面！

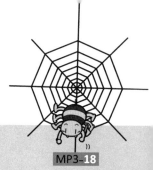

MP3-18

rose

[ʀoz]

玫瑰／
粉紅色

Elle aime les roses.

[ɛl ɛm le ʀoz]

她喜歡玫瑰。

發音
ㄡ

O

eau

[o]

水

Les plantes ont
besoin d'eau.

[le plɑ̃t ɔ̃ bəzwɛ̃ do]

植物需要水。

sauce

[sos]

醬料

Cette sauce est délicieuse.

[sɛt sos ɛ delisjøz]

這個醬料很美味。

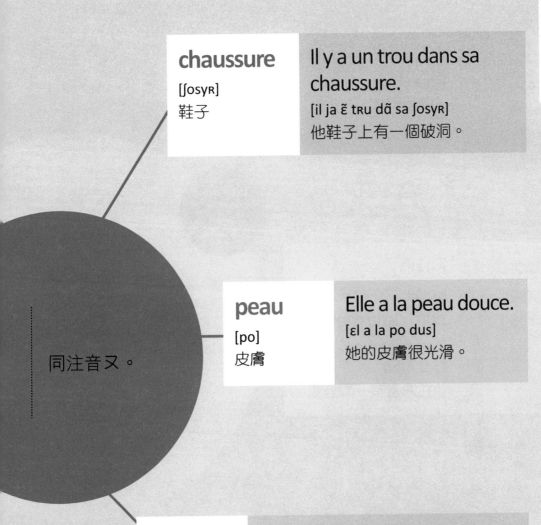

同注音ㄡ。

chaussure

[ʃosyʀ]
鞋子

Il y a un trou dans sa chaussure.

[il ja ɛ̃ tʀu dɑ̃ sa ʃosyʀ]
他鞋子上有一個破洞。

peau

[po]
皮膚

Elle a la peau douce.

[ɛl a la po dus]
她的皮膚很光滑。

grosse

[gʀos]
胖的／大的

Une grosse tempête a tout détruit.

[yn gʀos tɑ̃pɛt a tu detʀyi]
一個很大的暴風雨摧毀了一切。

MP3-19

porc [pɔʀ] 豬肉	Il ne mange pas de porc. [il nə mɑ̃ʒ pa də pɔʀ] 他不吃豬肉。

發音
ㄛ
ɔ

bord [bɔʀ] 邊緣	Il a un‿ appartement au bord de la mer. [il a ɛ̃ napaʀtəmɑ̃ o bɔʀ də la mɛʀ] 他在海邊有一間公寓。

rhum [ʀɔm] 蘭姆酒	Un cocktail avec du rhum. [ɛ̃ kɔktɛl avɛk dy ʀɔm] 這是一杯用蘭姆酒調的雞尾酒。

bol

[bɔl]
碗

Je lave ton bol.

[ʒə lav tɔ̃ bɔl]
我在洗你的碗。

同注音ㄛ，嘴
型較 [o] 大。

aéroport

[aeʀɔpɔʀ]
機場

Maman est‿à
l'aéroport de Nice.

[mamã ɛ ta laeʀɔpɔʀ də
nis]
媽媽在尼斯機場。

homme

[ɔm]
男人

C'est‿un‿homme
courageux.

[sɛ tɛ̃ nɔm kuʀaʒø]
那是一位勇敢的男人。

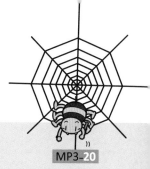

MP3-20

omelette
[ɔmlɛt]
煎蛋

Je voudrais une omelette aux champignons.
[ʒə vudʀɛ yn ɔmlɛt o ʃɑ̃piɲɔ̃]
我想要一個香菇煎蛋。

發音
ㄛ

porte
[pɔʀt]
門

Ouvre la porte s'il te plaît!
[uvʀ la pɔʀt sil tə plɛ]
麻煩你開門！

photo
[fɔto]
照片

Il fait de belles photos.
[il fɛ də bɛl fɔto]
他拍的照片很美。

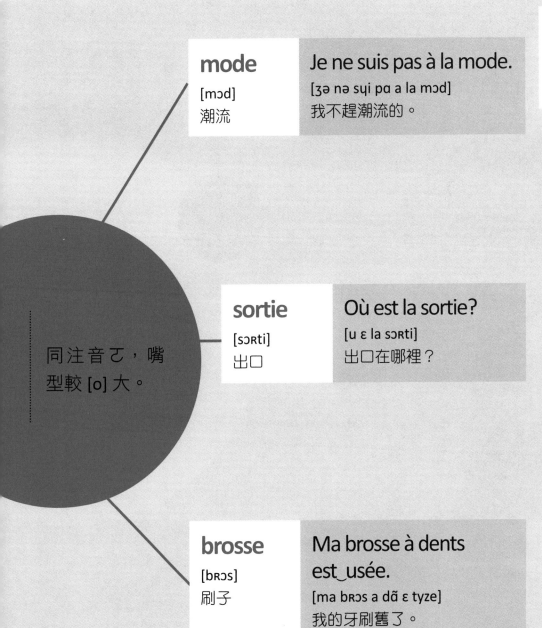

mode
[mɔd]
潮流

Je ne suis pas à la mode.
[ʒə nə sɥi pa a la mɔd]
我不趕潮流的。

同注音ㄛ，嘴型較 [o] 大。

sortie
[sɔʀti]
出口

Où est la sortie?
[u ɛ la sɔʀti]
出口在哪裡？

brosse
[bʀɔs]
刷子

Ma brosse à dents est_usée.
[ma bʀɔs a dɑ̃ ɛ tyze]
我的牙刷舊了。

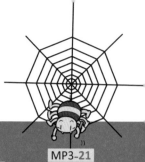

MP3-21

feu

[fø]

火

Je vais faire un feu de cheminée.

[ʒə vɛ fɛʁ ɛ̃ fø də ʃəmine]

我要升煙囪的火。

發音

ㄜ

ø

peu

[pø]

一點

J'ai un peu froid.

[ʒɛ ɛ̃ pø fʁwɑ]

我有一點冷。

soigneux

[swaɲø]

細心的

Il est soigneux dans ce
qu'il fait.

[il ɛ swaɲø dɑ̃ sə kil fɛ]

他做事很細心。

mieux

[mjø]
比較好的

Il travaille mieux que son frère.

[il tʀavaj mjø kə sɔ̃ fʀɛʀ]
他做事做得比他哥哥好。

類似注音 ㄜ，
又輕又短。

chaleureux

[ʃalœʀø]
熱情的

Marc est‿un garçon chaleureux.

[maʀk ɛ tɛ̃ gaʀsɔ̃ ʃalœʀø]
馬克是個熱情的男孩子。

heureux

[øʀø]
快樂的

Il semble heureux.

[il sɑ̃bl øʀø]
他看起來快樂。

MP3-22

queue

[kø]

尾巴／一直線的隊伍

Je vais faire la queue à la caisse.

[ʒə vɛ fɛʀ la kø a la kɛs]

我要去櫃檯排隊。

發音
ㄜ

ø

banlieue

[bɑ̃ljø]

郊區

Il habite dans la banlieue de Lyon.

[il abit dɑ̃ la bɑ̃ljø də ljɔ̃]

他住在里昂的郊區。

soigneuse

[swaɲøz]

細心的

C'est‿une personne soigneuse.

[sɛ tyn pɛʀsɔn swaɲøz]

那是一個細心的人。

chaleureuse

[ʃalœʀøz]

熱情的

Il reçoit ses‿amis de manière chaleureuse.

[il ʀəswa se zami də manjɛʀ ʃalœʀøz]

他以熱情的方式接待他的朋友們。

mystérieuse

[misteʀjøz]

神祕的

C'est‿une femme mystérieuse.

[sɛ tyn fam misteʀjøz]

那是一個神祕的女人。

類似注音 ㄜ，又輕又短。

heureuse

[øʀøz]

快樂的

J'ai eu une enfance heureuse.

[ʒɛ y yn ãfãs øʀøz]

我有一個很快樂的童年。

MP3-23

demain

[dəmɛ̃]

明天

À quelle heure pars-tu demain?

[a kɛl œʀ paʀ-ty dəmɛ̃]

你明天幾點出發？

發音
ㄜ

repas

[ʀəpɑ]

一餐

Ce repas est‿excellent.

[sə ʀəpɑ ɛ tɛksɛlɑ̃]

這頓飯真是棒極了。

ə

retard

[ʀətaʀ]

遲到

Je suis‿en retard.

[ʒə sɥi zɑ̃ ʀətaʀ]

我遲到了。

melon

[məlɔ̃]

哈密瓜

Ce melon n'est pas mûr.

[sə məlɔ̃ nɛ pɑ myʀ]

這顆哈密瓜還沒熟。

monsieur

[məsjø]

先生

Un monsieur m'a indiqué la direction.

[ɛ̃ məsjø ma ɛ̃dike la diʀɛksjɔ̃]

一位先生為我指引方向。

同注音ㄜ。

reportage

[ʀəpɔʀtaʒ]

專題報導

Ce journaliste fait un reportage sur le vin.

[sə ʒuʀnalist fɛ ɛ̃ ʀəpɔʀtaʒ syʀ lə vɛ̃]

這位記者做了一個酒的專題報導。

MP3-24

fenêtre
[fənɛstʀ]
窗戶

L'oiseau s'est cogné dans la fenêtre.
[lwazo sɛ kɔ̃ɲe dɑ̃ la fənɛstʀ]
那隻小鳥撞上了窗戶。

發音
ㄜ

recette
[ʀəsɛt]
食譜

Ta recette de brioche est‿excellente!
[ta ʀəsɛt də bʀijɔʃ ɛ tɛksɛlɑ̃t]
你的奶油麵包食譜，真的很棒！

crevette
[kʀəvɛt]
蝦子

J'aime le crabe mais pas les crevettes.
[ʒɛm lə kʀab mɛ pɑ le kʀəvɛt]
我喜歡螃蟹但是不喜歡蝦子。

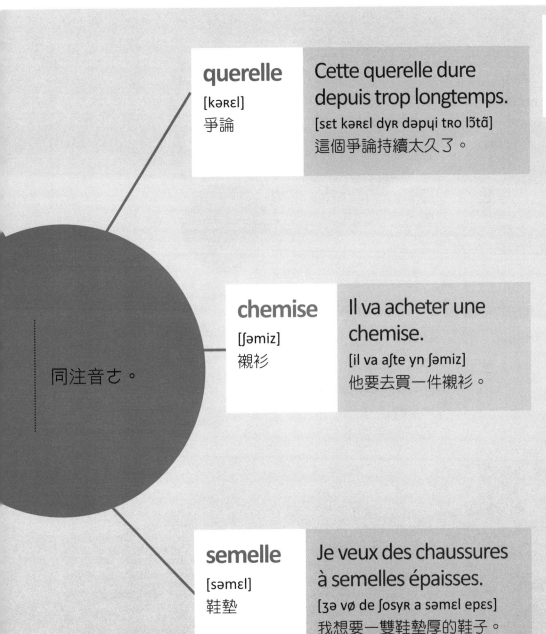

querelle

[kəʀɛl]

爭論

Cette querelle dure depuis trop longtemps.

[sɛt kəʀɛl dyʀ dəpɥi tʀo lɔ̃tɑ̃]

這個爭論持續太久了。

同注音ㄜ。

chemise

[ʃəmiz]

襯衫

Il va acheter une chemise.

[il va aʃte yn ʃəmiz]

他要去買一件襯衫。

semelle

[səmɛl]

鞋墊

Je veux des chaussures à semelles épaisses.

[ʒə vø de ʃosyʀ a səmɛl epɛs]

我想要一雙鞋墊厚的鞋子。

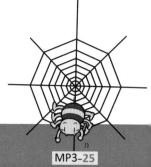

MP3-25

beurre
[bœʀ]
奶油

Il manque du beurre pour faire les biscuits.

[il mãk dy bœʀ puʀ fɛʀ le biskɥi]
沒有奶油可以做餅乾。

發音
ㄜ

œ

bonheur
[bɔnœʀ]
幸福

Je te souhaite beaucoup de bonheur.

[ʒə tə swɛt boku də bɔnœʀ]
我祝你幸福多多。

œuf
[œf]
蛋

Je vais faire un‿œuf à la coque.

[ʒə vɛ fɛʀ ɛ̃ nœf a la kɔk]
要煮一顆水煮半熟蛋。

bœuf

[bœf]
牛肉

Je mange rarement du bœuf.

[ʒə mãʒ ʀɑʀmã dy bœf]
我很少吃牛肉。

類似注音ㄜ，
音重且長。

professeur

[pʀɔfesœʀ]
教師

Franck est professeur de français.

[fʀãk ɛ pʀɔfesœʀ də fʀãsɛ]
法蘭克是法文教師。

cœur

[kœʀ]
心

Il a dessiné un cœur sur le miroir.

[il a desine ɛ̃ kœʀ syʀ lə miʀwaʀ]
他在鏡子上畫了一顆愛心。

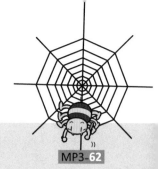

MP3-62

heure

[œʀ]

小時

Quelle heure est-il?

[kɛl œʀ ɛ til]

現在幾點了？

發音

ㄜ

œ

peur

[pœʀ]

害怕

Il a peur dans le noir.

[il a pœʀ dã lə nwaʀ]

他怕黑。

saveur

[savœʀ]

味道

Ces‿épices relèvent bien la saveur du plat.

[se zepis ʀəlɛv bjɛ̃ la savœʀ dy pla]

這些香料讓這道菜的味道更好。

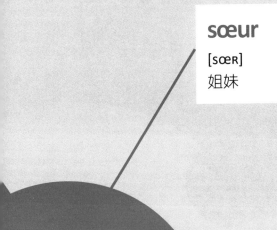

sœur

[sœʀ]
姐妹

Sa petite sœur est jolie.

[sa pətit sœʀ ɛ ʒɔli]
他的妹妹很漂亮。

fleur

[flœʀ]
花

Cette fleur sent très bon!

[sɛt flœʀ sɑ̃ tʀɛ bɔ̃]
這朵花聞起來真香！

類似注音ㄜ，音重且長。

chaleur

[ʃalœʀ]
熱氣

La météo annonce une semaine de chaleur.

[la meteo anɔ̃s yn səmɛn də ʃalœʀ]
氣象預報顯示將有一個星期的炎熱天氣。

MP3-27

matin

[matɛ̃]
早上

Le matin je me lève à 8h00.

[lə matɛ̃ ʒə mə lɛv a ɥit œʀ]
每天早上我都八點起床。

發音

ㄤˊ

shampooing

[ʃɑ̃pwɛ̃] 洗髮精

J'utilise un shampooing pour cheveux secs.

[ʒytiliz ɛ̃ ʃɑ̃pwɛ̃ puʀ ʃəvø sɛk]
我用專門給乾性頭髮用的洗髮精。

ɛ̃

pain

[pɛ̃]
麵包

Les‿enfants jettent du pain aux canards.

[le zɑ̃fɑ̃ ʒɛt dy pɛ̃ o kanaʀ]
小孩們丟了一些麵包給鴨子吃。

vin

[vɛ̃]

酒

Si elle boit trop de vin elle rougit!

[si ɛl bwa tʀo də vɛ̃ ɛl ʀuʒi]

如果她喝太多酒就會臉紅！

鼻母音，嘴型微笑，類似注音尢ˋ。

thym

[tɛ̃]

百里香

Le thym est bon pour la santé.

[lə tɛ̃ ɛ bɔ̃ puʀ la sɑ̃te]

百里香對身體很好。

examen

[ɛgzamɛ̃]

考試

Il a eu son‿examen.

[il a y sɔ̃ nɛgzamɛ̃]

他通過考試了。

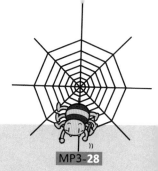

MP3-28

faim
[fɛ̃]
餓意

J'ai faim!
[ʒɛ fɛ̃]
我餓了！

發音
ㄤ

ɛ̃

ceinture
[sɛ̃tyʀ]
皮帶

Cette ceinture est trop petite pour lui.
[sɛt sɛ̃tyʀ ɛ tʀo pətit puʀ lɥi]
這條皮帶對他來說太小了。

information
[ɛ̃fɔʀmasjɔ̃]
資訊／新聞

Je veux regarder les informations télévisées.
[ʒə vø ʀəgaʀde le zɛ̃fɔʀmasjɔ̃ televize]
我想要看電視新聞。

enceinte

[ãsɛ̃t]
懷孕的

Sa femme est‿enceinte de 5 mois.

[sa fam ɛ tãsɛ̃t də sɛ̃k mwɑ]
他的太太懷孕 5 個月了。

fin

[fɛ̃]
結尾

Je n'ai pas vu la fin du film.

[ʒə nɛ pɑ vy la fɛ̃ dy film]
我沒看到電影的結局。

鼻母音，嘴型微笑，類似注音ㄤ ˋ。

main

[mɛ̃]
手

Il donne la main à son fils pour traverser la rue.

[il dɔn la mɛ̃ a sɔ̃ fis puʀ tʀavɛʀse la ʀy]
他讓他兒子牽著手過馬路。

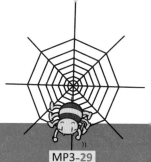

MP3-29

vent

[vã]

風

Le vent est froid.

[lə vã ɛ fʀwa]

風很冷。

發音
ㄨㄥ丶

ã

temps

[tã]

時間

Je n'ai pas le temps de venir te voir.

[ʒə nɛ pa lə tã də vəniʀ tə vwaʀ]

我沒空來看你。

an

[ã]

年／年紀

C'est le nouvel an chinois.

[sɛ lə nuvɛl ã ʃinwa]

這是農曆新年。

français
[fʀɑ̃sɛ]
法語

Est-ce-que tu parles français?
[ɛ-s-kə ty paʀl fʀɑ̃sɛ]
你會說法語嗎？

鼻母音，嘴巴張大，類似注音ㄨㄥˋ。

enfant
[ɑ̃fɑ̃]
小孩

Elle veut des‿enfants.
[ɛl vø de zɑ̃fɑ̃]
她想要小孩。

grand
[gʀɑ̃]
高大的

Cet arbre est vraiment très grand!
[sɛt aʀbʀ ɛ vʀɛmɑ̃ tʀɛ gʀɑ̃]
這棵樹真的很高大！

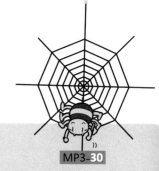

MP3-30

chambre

[ʃãbʀ]
房間

Céline est dans sa chambre.

[selin ɛ dã sa ʃãbʀ]
席琳在她的房間裡。

發音
ㄨㄥˋ

ã

tante

[tãt]
姑姑／阿姨

Ma tante habite dans le sud.

[ma tãt abit dã lə syd]
我的阿姨住在南部。

dépense

[depãs]
花費

Une maison est toujours une grosse dépense.

[yn mɛzõ ɛ tuʒuʀ yn gʀos depãs]
買房子總是一筆很大的花費。

France

[fʀɑ̃s]

法國

Ils veulent visiter la France.

[il vœl vizite la fʀɑ̃s]

他們想要參觀法國。

ampoule

[ɑ̃pul]

水泡

J'ai trop marché, j'ai une ampoule au pied.

[ʒɛ tʀo maʀʃe, ʒɛ yn ɑ̃pul o pje]

我走路走太多，我腳底長一顆水泡。

鼻母音，嘴巴張大，類似注音ㄨㄥˋ。

grande

[gʀɑ̃d]

高大的

Nos voisins ont une grande maison.

[no vwazɛ̃ ɔ̃ yn gʀɑ̃d mɛzɔ̃]

我的鄰居有一棟很大的房子。

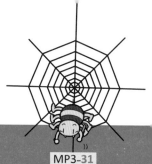

MP3-31

oncle

[ɔ̃kl]

叔叔／舅舅

Mon‿oncle est riche.

[mɔ̃ nɔ̃kl ɛ ʀiʃ]

我的叔叔很富有。

發音
嗡

ɔ̃

nom

[nɔ̃]

姓

Quel est son nom?

[kɛl ɛ sɔ̃ nɔ̃]

他姓什麼？

don

[dɔ̃]

天賦

Il a un don pour la musique.

[il a ɛ̃ dɔ̃ puʀ la myzik]

他有音樂的天賦。

ton

[tɔ̃]

你的

Où est ton frère?

[u ɛ tɔ̃ fʀɛʀ]

你的弟弟在哪裡？

pont

[pɔ̃]

橋

Ce pont a été reconstruit après la guerre.

[sə pɔ̃ a ete ʀəkɔ̃stʀɥi apʀɛ la gɛʀ]

這座橋在戰後又被重建了。

鼻母音，嘴巴只留一個小口，類似蜜蜂「嗡嗡」聲。

son

[sɔ̃]

他的

Milou est son chien.

[milu ɛ sɔ̃ ʃjɛ̃]

米盧是他的狗。

MP3-32

ombre

[ɔ̃bʀ]

陰影

C'est͜ un spectacle d'ombres chinoises.

[sɛ tɛ̃ spɛktakl dɔ̃bʀ ʃinwaz]

這是中國皮影戲。

montre

[mɔ̃tʀ]

手錶

J'ai cassé ma nouvelle montre.

[ʒɛ kase ma nuvɛl mɔ̃tʀ]

我弄壞了我的新手錶了。

attention

[atɑ̃sjɔ̃]

注意

Fais attention quand tu traverses la rue!

[fɛ atɑ̃sjɔ̃ kɑ̃ ty tʀavɛʀs la ʀy]

你穿越馬路時要小心！

發音

嗡

ɔ̃

occasion

[ɔkazjɔ̃]

機會

C'est‿une occasion
en‿or!

[sɛ tyn ɔkazjɔ̃ ɑ̃ nɔʀ]

這是一個千載難逢的機會！

montagne

[mɔ̃taɲ]

高山

Ce paysage de
montagne est
grandiose.

[sə peizaʒ də mɔ̃taɲ ɛ
gʀɑ̃djoz]

這個山景真是壯觀。

鼻母音，嘴巴
只留一個小
口，類似蜜蜂
「嗡嗡」聲。

comptine

[kɔ̃tin]

童謠

Elle écrit des comptines
pour enfants.

[ɛl ekʀi de kɔ̃tin puʀ ɑ̃fɑ̃]

她為小孩寫童謠。

À tout_à l'heure.

[a tu ta lœʀ]

待會見。

半母音

法語的有三個半母音：[j]、[ɥ]、[w]。半母音的聲音和發音位置和母音的 [i]、[y]、[u] 相同，但是音長比較短，主要因為當母音 [i]、[y]、[u] 的前面或是後面緊接著另一個母音，為了讓法語發音的旋律和速度合宜，因此有了半母音的產生。

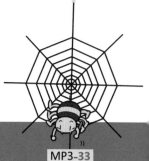

MP3-33

travail
[tʀavaj]
工作

Quel travail intéressant!
[kɛl tʀavaj ɛ̃teʀɛsɑ̃]
多麼有趣的工作！

發音
j

œil
[œj]
一顆眼睛

Il m'a fait un clin d'œil.
[il ma fɛ ɛ̃ klɛ̃ dœj]
他對我拋媚眼（眨眼）。

yeux
[jø]
一雙眼睛

Elle a des‿yeux de chat.
[ɛl a de zjø də ʃa]
他有一雙像貓的眼睛。

cahier

[kaje]
筆記本

Je dois acheter un cahier.

[ʒə dwa aʃte ɛ̃ kaje]
我需要買一本筆記本。

在字首或字中發 [i]，但是音短。在字尾發 [i] + 很輕 [ə] 的音。

soleil

[sɔlɛj]
太陽

La lumière du soleil nous fait du bien.

[la lymjɛʀ dy sɔlɛj nu fɛ dy bjɛ̃]
太陽的光線讓我們覺得舒服。

vieux

[vjø]
年老的

Ce chien paraît assez vieux.

[sə ʃjɛ̃ paʀɛ ase vjø]
這隻狗看起來很老。

MP3-34

famille

[famij]
家庭

Elle vit avec sa famille.

[ɛl vi avɛk sa famij]
她和家人一起住。

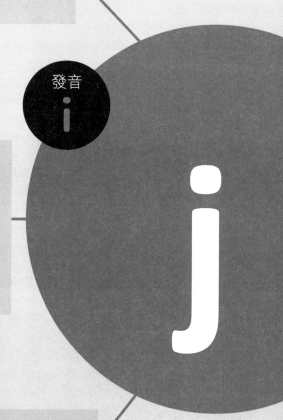

發音

j

bouteille

[butɛj]
瓶

Il collectionne les bouteilles de parfum.

[il kɔlɛksjɔn le butɛj də paʀfɛ̃]
他收集香水的瓶子。

paille

[paj]
吸管

Je voudrais une paille pour boire mon soda.

[ʒə vudʀɛ yn paj puʀ bwaʀ mɔ̃ sɔda]
我想要一支吸管喝汽水。

vanille

[vanij]
香草

La glace à la vanille, c'est mon péché mignon.

[la glas a la vanij, sɛ mɔ̃ peʃe miɲɔ̃]

香草冰淇淋是我的最愛。

chantilly

[ʃɑ̃tiji]
鮮奶油霜

Une gauffre à la chantilly s'il vous plaît!

[yn gofʀ a la ʃɑ̃tiji sil vu plɛ]

一個鮮奶油鬆餅，麻煩您！

在字首或字中發 [i]，但是音短。在字尾發 [i] + 很輕 [ə] 的音。

vieille

[vjɛj]
年老的

C'est une jolie et vieille maison.

[sɛ tyn ʒɔli e vjɛj mɛzɔ̃]

這是一間漂亮的舊房子。

MP3-35

發音 y

ɥ

lui
[lɥi]
他

Cette chemise est‿à lui.
[sɛt ʃəmiz ɛ ta lɥi]
這件襯衫是他的。

fruit
[fʀɥi]
果實／水果

Cet arbre donne beaucoup de fruits.
[sɛt aʀbʀ dɔn boku də fʀɥi]
這棵樹長了很多果實。

biscuit
[biskɥi]
餅乾

Il trempe son biscuit dans son café.
[il tʀɑ̃p sɔ̃ biskɥi dɑ̃ sɔ̃ kafe]
他把餅乾浸泡到咖啡裡。

nuage

[nɥaʒ]

雲

Ce nuage a une jolie forme.

[sə nɥaʒ a yn ʒɔli fɔʀm]

這朵雲有很漂亮的形狀。

發 [y] 但是音短。

juillet

[ʒɥijɛ]

七月

En juillet il fait souvent beau.

[ã ʒɥijɛ il fɛ suvã bo]

七月份通常天氣很好。

juin

[ʒɥɛ̃]

六月

En juin il y a moins de touristes.

[ã ʒɥɛ̃ il ja mwɛ̃ də tuʀist]

六月份遊客比較少。

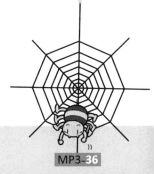

MP3-36

huile
[ɥil]
油

Ajoute de l'huile dans la sauce.
[aʒut də lɥil dã la sos]
加點油到醬料裡。

發音
y

cuisine
[kɥizin]
料理／廚房

Le gâteau est dans la cuisine.
[lə gato ɛ dã la kɥizin]
蛋糕在廚房裡。

pluie
[plɥi]
雨

Parfois, j'aime la pluie.
[paʀfwa, ʒɛm la plɥi]
有時候，我喜歡雨。

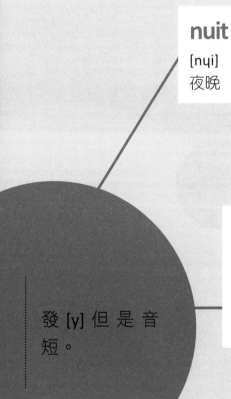

nuit

[nɥi]
夜晚

La lune éclaire la nuit.

[la lyn eklɛʀ la nɥi]
月亮照亮夜晚。

huître

[ɥitʀ]
生蠔

Pour les fêtes j'ai acheté des‿huîtres.

[puʀ le fɛt ʒɛ aʃte de zɥitʀ]
我會在節慶時買一些生蠔。

發 [y] 但是音短。

suite

[sɥit]
後續

J'aimerais connaître la suite de cette histoire.

[ʒɛmʀɛ kɔnɛtʀ la sɥit də sɛt istwaʀ]
我想要知道這個故事的後續。

MP3-37

jouet

[ʒwɛ]

玩具

C'est‿un jouet en bois.

[sɛ tɛ̃ ʒwɛ ɑ̃ bwa]

這是一個木頭製的玩具。

發音

u

soin

[swɛ̃]

照顧

Prends soin de toi.

[pʀɑ̃ swɛ̃ də twa]

好好照顧你自己。

w

rasoir

[ʀɑzwaʀ]

刮鬍刀

Il a un rasoir électrique.

[il a ɛ̃ ʀɑzwaʀ elɛktʀik]

他有一個電動刮鬍刀。

oiseau

[wazo]

鳥

J'aimerais voler comme un‿oiseau.

[ʒɛmʀɛ vɔle kɔm ɛ̃ nwazo]

我想像小鳥一樣可以飛。

發 [u] 但是音短。

soir

[swaʀ]

晚上

Ce soir nous‿allons au cinéma.

[sə swaʀ nu zalɔ̃ o sinema]

今晚我們要去看電影。

espoir

[ɛspwaʀ]

希望

Elle a l'espoir de le voir revenir.

[ɛl a lɛspwaʀ də lə vwaʀ ʀəvniʀ]

她抱著會再看到他的希望。

MP3-38

發音

u

W

poêle

[pwal]

鍋子

Il faut une poêle spéciale pour faire les crêpes.

[il fo yn pwal spesjal puʁ fɛʁ le kʁɛp]

做可麗餅需要一個特別的鍋子。

cacahuète

[kakawɛt]

花生

Ne mangez pas trop de cacahuètes!

[nə mɑ̃ʒe pɑ tʁo də kakawɛt]

不要吃太多的花生！

joie

[ʒwa]

歡喜

Je suis fou de joie!

[ʒə sɥi fu də ʒwa]

我真是樂翻了！

toilettes

[twalɛt]

廁所

Où sont les toilettes, s'il vous plaît?

[u sɔ̃ le twalɛt, sil vu plɛ]

請問廁所在哪裡？

發 [u] 但是音短。

fois

[fwa]

次數

Je suis déjà venu une fois à Paris.

[ʒə sɥi deʒa vəny yn fwa a paʀi]

我已經來過巴黎一次。

soie

[swa]

絲綢

Ce foulard est‿en soie.

[sə fulaʀ ɛ tɑ̃ swa]

這條絲巾是絲綢材質。

Tu me manques.

[ty mə mãk]

我想你。

子音

法語中的十七個子音與英文子音的發音雷同，只有 [ʀ] 和 [ɲ] 有明顯的差異。子音的學習必須注意字尾的字母是否發音，因為發音與否決定該字彙的陰陽性。另外，[s]、[d]、[f] 連音時產生的變音 [z]、[t]、[v] 也千萬不能忽視，這個小細節可是法語講得美不美的關鍵之一。

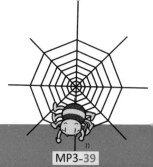

MP3-39

parfum
[paʀfɛ̃]
香水

Comment s'appelle ce parfum?
[kɔmɑ̃ sapɛl sə paʀfɛ̃]
這個香水的名字是什麼？

發音
ㄆ

poisson
[pwasɔ̃]
魚

Ils mangent surtout du poisson.
[il mɑ̃ʒ syʀtu dy pwasɔ̃]
他們魚吃得比較多。

p

pays
[pei]
國家

Il a habité dans cinq pays.
[il a abite dɑ̃ sɛ̃k pei]
他在五個國家居住過。

piment

[pimɑ̃]

辣椒

Il y a trop de piment
dans ce plat.

[il ja tʁo də pimɑ̃ dɑ̃ sə pla]
這道菜放太多辣椒。

類似注音ㄆ，
感受到空氣排
出。

stop

[stɔp]

停靠站

Arrête-toi, il y a un
stop!

[aʁɛt-twa il ja ɛ̃ stɔp]
停下來，那裡有一個停靠
站！

passeport

[paspɔʁ]

護照

Votre passeport s'il vous
plaît.

[vɔtʁ paspɔʁ sil vu plɛ]
您的護照，麻煩您。

MP3-40

piscine

[pisin]

游泳池

Le mercredi je vais à la piscine.

[lə mɛʀkʀədi ʒə vɛ a la pisin]

每個星期三我都去游泳池。

發音

ㄆ

p

grippe

[gʀip]

流行感冒

Cette année je n'ai pas eu la grippe.

[sɛt ane ʒə nɛ pɑ y la gʀip]

今年我沒有得到流感。

nappe

[nap]

桌巾

Peux-tu mettre la nappe sur la table?

[pø-ty mɛtʀ la nap syʀ la tabl]

你可以在桌子上鋪上這塊桌巾嗎？

pâtisserie
[patisʀi]
甜點店

Il y a une très bonne pâtisserie dans cette rue.
[il ja yn tʀɛ bɔn patisʀi dɑ̃ sɛt ʀy]
這條路上有一間很棒的甜點店。

plaisanterie
[plɛzɑ̃tʀi]
玩笑

C'est‿une mauvaise plaisanterie.
[sɛ tyn movɛz plɛzɑ̃tʀi]
這是一個很糟的玩笑。

poupée
[pupe]
洋娃娃

C'est la poupée de ma sœur.
[sɛ la pupe də ma sœʀ]
這是我妹妹的洋娃娃。

類似注音ㄆ，感受到空氣排出。

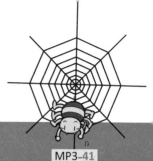

MP3-41

bébé

[bebe]

嬰兒

Ce bébé est‿un garçon.

[sə bebe ɛ tɛ̃ gaʀsɔ̃]

這個寶寶是個男孩。

發音

ㄅ

b

billet

[bijɛ]

票

Il est‿allé acheter
un billet de train.

[il ɛ tale aʃte ɛ̃ bijɛ də
trɛ̃]

他去買了一張火車
票。

bar

[baʀ]

酒吧

Je suis dans le bar près de l'hôtel.

[ʒə sɥi dɑ̃ lə baʀ pʀɛ də lotɛl]

我在靠近飯店的酒吧裡。

bijou

[biʒu]
珠寶

C'est‿un bijou en‿or.

[sɛ tɛ̃ biʒu ã nɔʀ]
這是一個用金子做成的珠寶。

類似注音ㄅ，感受到聲帶振動。

balcon

[balkɔ̃]
陽台

Il y a beaucoup de plantes sur le balcon.

[il ja boku də plɑ̃t syʀ lə balkɔ̃]
陽台上有很多植物。

beau

[bo]
帥／好

Il fait beau.

[il fɛ bo]
天氣很好。

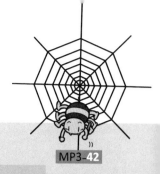

PART 01

用蜘蛛網式連結法，輕鬆學好法語三十四個音標，串聯單字與例句

MP3-42

發音
ㄅ

boîte
[bwat]
夜店

Le samedi il va danser en boîte de nuit.
[lə samdi il va dãse ã bwat də nɥi]
星期六他都會去夜店。

boisson
[bwasɔ̃]
飲料

Je voudrais une boisson sans‿alcool.
[ʒə vudʀɛ yn bwasɔ̃ sã zalkɔl]
我想要一杯無酒精的飲料。

table
[tabl]
桌子

Tu peux mettre la table, s'il te plaît?
[ty pø mɛtʀ la tabl, sil tə plɛ]
你可以去擺餐具嗎，麻煩你？
（你可以去準備桌子嗎，麻煩你？）

robe

[ʀɔb]

洋裝

Sa robe de mariée est‿originale.

[sa ʀɔb də maʀje ε tɔʀiʒinal]

這件結婚禮服非常獨特。

batterie

[batʀi]

電池

La batterie de mon téléphone est déchargée.

[la batʀi də mɔ̃ telefɔn ε deʃaʀʒe]

我電話的電池沒電了。

類似注音ㄅ，感受到聲帶振動。

belle

[bɛl]

美

C'est‿une belle histoire d'amour.

[sε tyn bɛl istwaʀ damuʀ]

這是一個很美的愛情故事。

MP3-43

ticket

[tikɛ]

票

Je vais acheter un ticket de métro.

[ʒə vɛ aʃte ɛ̃ tikɛ də metʀɔ]

我要去買一張地鐵票。

發音

ㄊ

t

tour

[tuʀ]

旅程

Il veut faire un tour du monde en bateau.

[il vø fɛʀ ɛ̃ tuʀ dy mõd ã bato]

他想要坐船環遊世界一周。

été

[ete]

夏天

L'été est ma saison préférée.

[lete ɛ ma sɛzõ pʀefeʀe]

夏天是我最喜歡的季節。

train

[trɛ̃]
火車

Le train est‿arrivé en retard.

[lə trɛ̃ ɛ taʀive ɑ̃ ʀətaʀ]
火車誤點了。

類似注音ㄊ，感受到空氣排出。

bouton

[butɔ̃]
鈕扣

J'ai perdu un bouton de chemise.

[ʒɛ pɛrdy ɛ̃ butɔ̃ də ʃəmiz]
我掉了一顆襯衫的鈕扣。

petit

[pəti]
小的

Tu es plus petit que moi.

[ty ɛ ply pəti kə mwa]
你比我小。（可指年紀或身材）

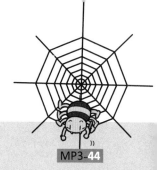

MP3-44

terrasse

[tɛʀas]

露天平台

On prend l'apéritif sur la terrasse.

[ɔ̃ pʀɑ̃ laperitif syʀ la tɛʀas]

我們在露天平台上喝餐前酒。

發音

ㄊ

t

tour

[tuʀ]

高塔/摩天大樓

Mon père travaille dans une tour à la Défense.

[mɔ̃ pɛʀ tʀavaj dɑ̃ zyn tuʀ a la defɑ̃s]

我在拉德峰斯地區的一棟摩天大樓裡上班。

tarte

[taʀt]

派塔

La tarte aux pommes est mon dessert préféré.

[la taʀt o pɔm ɛ mɔ̃ desɛʀ pʀefeʀe]

蘋果派是我最喜歡的甜點。

tête

[tɛt]
頭／理智

Il est parti sur un coup de tête.

[il ɛ paʀti syʀ ɛ̃ ku də tɛt]
他在喪失理智下離開了。

tente

[tɑ̃t]
帳篷

Il a acheté une tente pour faire du camping.

[il a aʃəte yn tɑ̃t puʀ fɛʀ dy kɑ̃piŋ]
為了露營他買了一個帳篷。

類似注音ㄊ，感受到空氣排出。

petite

[pətit]
小的

Voici Julie, ma petite sœur.

[vwasi ʒyli, ma pətit sœʀ]
這是茱莉，我的妹妹。

MP3-45

midi [midi] 中午	J'ai rendez-vous avec elle à midi. [ʒɛ Rɑ̃de-vu avɛk ɛl a midi] 我和她中午有約。

發音

ㄉ

d

monde [mɔ̃d] 世界	Tout le monde en parle. [tu lə mɔ̃d ɑ̃ paRl] 所有的人都在談論這件事。

dessert [desɛR] 甜點	Qu'est-ce-que tu veux comme dessert? [kɛ-s-kə ty vø kɔm desɛR] 你想要吃什麼甜點？

子
音

doigt

[dwa]

指頭

Il connait sa leçon sur le bout des doigts.

[il kɔnɛ sa ləsɔ̃ syʀ lə bu de dwa]

他對課程瞭若指掌。

dauphin

[dofɛ̃]

海豚

Elle a déjà nagé avec des dauphins.

[ɛl a deʒa naʒe avɛk de dofɛ̃]

她已經和海豚一起游泳過了。

類似注音ㄅ，感受到聲帶振動。

doux

[du]

溫馴／光滑

Son regard est doux.

[sɔ̃ ʀəgaʀ ɛ du]

他的眼神很溫馴。

addition

[adisjɔ̃]

帳單

L'addition s'il vous plaît!

[ladisjɔ̃ sil vu plɛ]

麻煩您結帳！

發音
ㄉ

d

sandale

[sɑ̃dal]

涼鞋

Quand il fait chaud je porte des sandales.

[kɑ̃ til fɛ ʃo ʒə pɔrt de sɑ̃dal]

當天氣熱的時候，我會穿涼鞋。

dent

[dɑ̃]

牙齒

Il a encore deux dents de lait.

[il a ɑ̃kɔr dø dɑ̃ də lɛ]

他還有兩顆乳牙。

dame

[dam]
女士

Cette dame est ma voisine.
[sɛt dam ɛ ma vwazin]
這位女士是我的鄰居。

danse

[dɑ̃s]
舞蹈

J'ai un cours de danse ce soir.
[ʒɛ ɛ̃ kuʀ də dɑ̃s sə swaʀ]
我晚上有一堂舞蹈課。

類似注音ㄅ，感受到聲帶振動。

douce

[dus]
溫馴／光滑

Sa peau est douce.
[sa po ɛ dus]
他的皮膚很光滑。

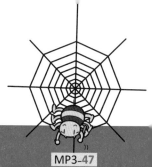

MP3-47

éléphant
[elefã]
大象

Je suis déjà monté sur le dos d'un‿éléphant.
[ʒə sɥi deʒa mõte syʀ lə do dɛ̃ nelefã]
我已經爬過大象的背了。

發音

f

festival
[fɛstival]
盛會

Le mois prochain il y a un festival de musique.
[lə mwɑ pʀɔʃɛ̃ il ja ɛ̃ fɛstival də myzik]
下個月有個音樂盛會。

foyer
[fwaje]
家

Elle est femme au foyer.
[ɛl ɛ fam o fwaje]
她是家庭主婦。

fauteuil

[fotœj]
沙發椅

J'ai un fauteuil
confortable à la maison.

[ʒɛ ɛ̃ fotœj kɔ̃fɔʀtabl a la mɛzɔ̃]
我家裡有一個舒適的沙發椅。

類似注音ㄈ，
感受到空氣排
出。

typhon

[tifɔ̃]
颱風

Il y a souvent des
typhons dans cette
région.

[il ja suvɑ̃ de tifɔ̃ dɑ̃ sɛt
ʀeʒjɔ̃]
這個地區常常有颱風。

fou

[fu]
瘋狂

Il est fou d'elle!

[il ɛ fu dɛl]
他為她瘋狂！

MP3-48

發音

f

fête

[fɛt]
節慶

Le 21 (vingt-et-un) juin, c'est la fête de la musique.

[lə vɛ̃-tɛ-ɛ̃ ʒɥɛ̃, sɛ la fɛt də la myzik]

六月 21 日是音樂節。

philosophie

[filɔzɔfi] 哲學

Il prend ça avec philosophie.

[il pʀɑ̃ sa avɛk filɔzɔfi]

他以哲學的態度看待這件事。

fièvre

[fjɛvʀ]
發燒

Il n'a plus de fièvre.

[il na ply də fjɛvʀ]

他的燒退了。

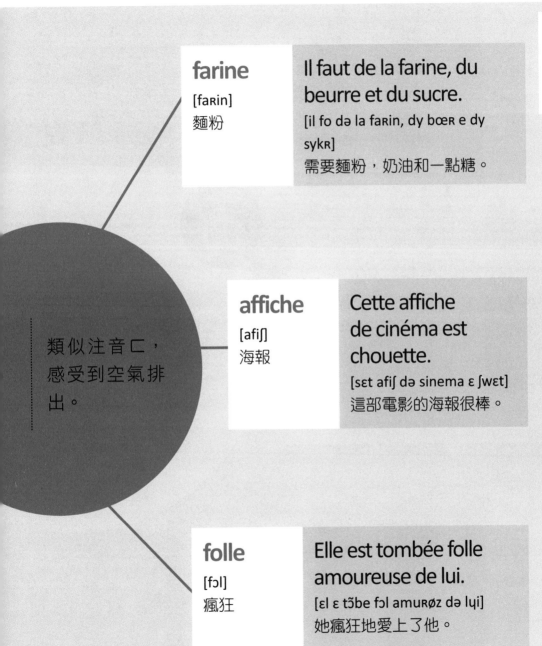

farine

[faʀin]
麵粉

Il faut de la farine, du beurre et du sucre.

[il fo də la faʀin, dy bœʀ e dy sykʀ]
需要麵粉，奶油和一點糖。

affiche

[afiʃ]
海報

Cette affiche de cinéma est chouette.

[sɛt afiʃ də sinema ɛ ʃwɛt]
這部電影的海報很棒。

類似注音ㄈ，感受到空氣排出。

folle

[fɔl]
瘋狂

Elle est tombée folle amoureuse de lui.

[ɛl ɛ tɔ̃be fɔl amuʀøz də lɥi]
她瘋狂地愛上了他。

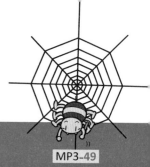

MP3-49

poivre

[pwavʀ]

胡椒

Tu peux me donner le poivre s'il te plaît?

[ty pø mə dɔne lə pwavʀ sil tə plɛ]

麻煩你遞胡椒給我？

發音

C

avion

[avjɔ̃]

飛機

C'est‿un‿ avion de quelle compagnie?

[sɛ tɛ̃ navjɔ̃ də kɛl kɔ̃paɲi]

這是哪一家航空公司的飛機？

V

voyage

[vwajaʒ]

旅行

Je pars en voyage le mois prochain.

[ʒə paʀ ɑ̃ vwajaʒ lə mwa pʀɔʃɛ̃]

我下個月要出發去旅行。

rêve

[ʀɛv]
夢想

J'ai fait un drôle de rêve...

[ʒɛ fɛ ɛ̃ dʀol də ʀɛv]
我做了一個很奇特的夢……

類似注音ㄈ，
聲帶要震動。

avant

[avɑ̃]
之前

Il est‿arrivé avant moi.

[il ɛ taʀive avɑ̃ mwa]
他比我早到。

vendeur

[vɑ̃dœʀ]
男售貨員

Ce vendeur est sympathique.

[sə vɑ̃dœʀ ɛ sɛ̃patik]
這個男售貨員很熱心。

MP3-50

vie
[vi]
生命

Tu m'as sauvé la vie!
[ty ma sove la vi]
你救了我！

發音
c

veste
[vɛst]
外套

Mets une veste, il
fait froid dehors!
[mɛ yn vɛst, il fɛ fʀwɑ
dəɔʀ]
穿上外套，外面很冷！

V

vitrine
[vitʀin]
櫥窗

Aujourd'hui, on‿a fait du
lèche vitrine.
[auʒourdɥi, ɔ̃ na fɛ dy lɛʃ vitʀin]
今天我們只有純逛街。

vue

[vy]

景象

De la terrasse la vue est magnifique.

[də la tɛʀas la vy ɛ maɲifik]

從露天平台看出去，景色美極了。

valise

[valiz]

行李箱

Nous‿avons retrouvé votre valise.

[nu zavɔ̃ ʀətʀuve vɔtʀ valiz]

我們找到您的行李箱了。

類似注音ㄈ，
聲帶要震動。

vendeuse

[vãdøz]

女售貨員

Cette vendeuse m'a donné de bons conseils.

[sɛt vãdøz ma dɔne də bɔ̃ kɔ̃sɛj]

這位女售貨員給了我一些好建議。

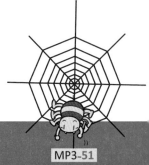

MP3-51

garçon	C'est‿un garçon serviable.
[gaʀsɔ̃] 男孩	[sɛ tɛ̃ gaʀsɔ̃ sɛʀvjabl] 這是一個喜歡服務人的男孩。

發音
ㄙ

S

coussin	Les‿enfants jouent avec les coussins.
[kusɛ̃] 抱枕	[le zɑ̃fɑ̃ ʒu avɛk le kusɛ̃] 小孩拿抱枕在玩。

sourire	Il a un beau sourire.
[suʀiʀ] 微笑	[il a ɛ̃ bo suʀiʀ] 他笑起來很好看。

silence
[silɑ̃s]
安靜

Le silence me fait du bien.
[lə silɑ̃s mə fɛ dy bjɛ̃]
寧靜讓我覺得很舒服。

secret
[səkʀɛ]
祕密

Il garde bien son secret.
[il gaʀd bjɛ̃ sɔ̃ səkʀɛ]
他很會保守祕密。

類似注音ㄙ。

sérieux
[seʀjø]
嚴肅

Ce professeur a l'air sérieux.
[sə pʀɔfesœʀ a lɛʀ seʀjø]
這位教授看起來嚴肅。

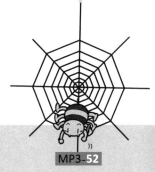

MP3-52

leçon
[ləsɔ̃]
課

Cet élève n'a pas appri sa leçon.
[sɛt elɛv na pɑ appʁi sa ləsɔ̃]
這位學生沒有好好學習課程。

發音
ㄙ

S

mousse
[mus]
泡沫

Ce savon fait beaucoup de mousse.
[sə savɔ̃ fɛ boku də mus]
這個肥皂產生很多泡沫。

essence
[esɑ̃s]
石油

Il faut s'arrêter prendre de l'essence.
[il fo saʁɛte pʁɑ̃dʁ də lesɑ̃s]
應該要停下來去加油。

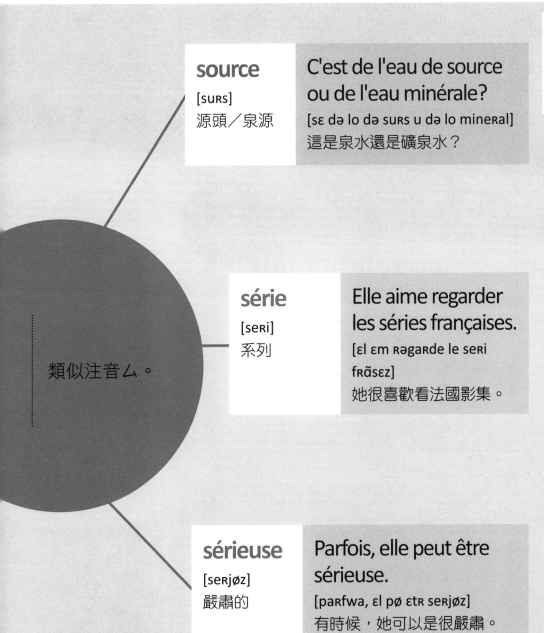

source

[sᴜʀs]
源頭／泉源

C'est de l'eau de source
ou de l'eau minérale?
[sɛ də lo də sᴜʀs u də lo mineʀal]
這是泉水還是礦泉水？

série

[seʀi]
系列

Elle aime regarder
les séries françaises.
[ɛl ɛm ʀəgaʀde le seʀi
fʀɑ̃sɛz]
她很喜歡看法國影集。

類似注音ㄙ。

sérieuse

[seʀjøz]
嚴肅的

Parfois, elle peut être
sérieuse.
[paʀfwa, ɛl pø ɛtʀ seʀjøz]
有時候，她可以是很嚴肅。

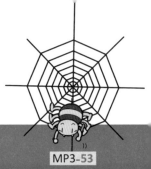

MP3-53

cousin

[kuzɛ̃]
堂表兄弟

Mon cousin habite à Paris.

[mɔ̃ kuzɛ̃ abit a paʀi]
我的表弟住在巴黎。

發音
茲

Z

gaz

[gaz]
瓦斯

Le prix du gaz
augmente
beaucoup.

[lə pʀi dy gaz ogmɑ̃t
boku]
瓦斯的價格漲了很多。

jazz

[dʒɑz]
爵士樂

Hier soir, je suis‿allé voir un
concert de jazz.

[jɛʀ swaʀ, ʒə sɥi zale vwaʀ ɛ̃ kɔ̃sɛʀ də dʒɑz]
昨天晚上，我去聽了一個爵士音樂會。

président

[pʀezidã]

總統

Le président va faire un discours.

[lə pʀezidã va fɛʀ ɛ̃ diskuʀ]

總統將要發表演說。

類似中文「茲」，聲帶要振動。

désir

[deziʀ]

慾望

Il n'a pas résisté à son désir.

[il na pɑ ʀeziste a sɔ̃ deziʀ]

他沒辦法抵抗他的慾望。

magazine

[magazin]

雜誌

Je suis‿abonné à ce magazine photo.

[ʒə sɥi zabɔne a sə magazin fɔto]

我是這本攝影雜誌的會員。

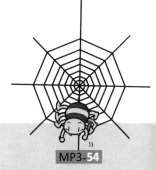

MP3-54

cousine

[kuzin]

堂表姐妹

Sa cousine est violoniste.

[sa kuzin ɛ vjɔlɔnist]

她的堂姊是小提琴家。

發音

茲

Z

raison

[ʀɛzɔ̃]

道理

Tu as raison.

[ty a ʀɛzɔ̃]

你說的有理。

chose

[ʃoz]

東西／事情

J'ai quelque chose à te dire.

[ʒɛ kɛlkə ʃoz a tə diʀ]

我有一些事情要跟你說。

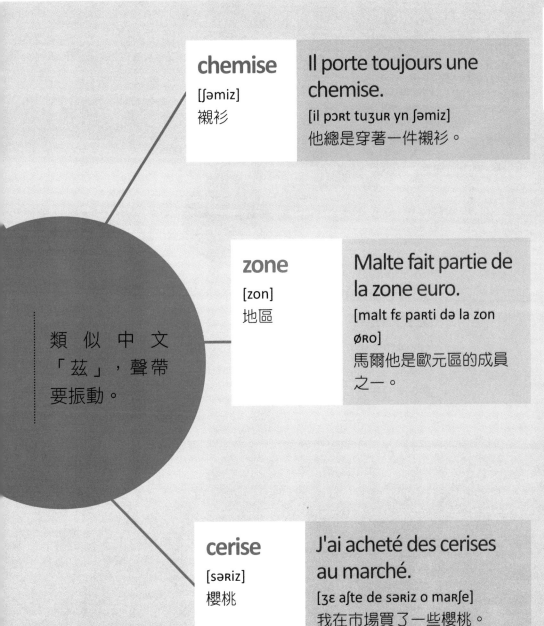

chemise

[ʃəmiz]

襯衫

Il porte toujours une chemise.

[il pɔʀt tuʒuʀ yn ʃəmiz]

他總是穿著一件襯衫。

類似中文「茲」，聲帶要振動。

zone

[zon]

地區

Malte fait partie de la zone euro.

[malt fɛ paʀti də la zon øʀo]

馬爾他是歐元區的成員之一。

cerise

[səʀiz]

櫻桃

J'ai acheté des cerises au marché.

[ʒɛ aʃte de səʀiz o maʀʃe]

我在市場買了一些櫻桃。

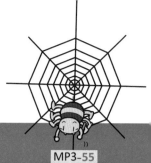

MP3-55

cadeau
[kado]
禮物

Quel cadeau il t'a offert?
[kɛl kado il ta ɔfɛʀ]
他給你什麼禮物？

發音
ㄎ

k

casque
[kask]
安全帽

Heureusement qu'il portait un casque.
[œʀøzmã kil pɔʀtɛ ɛ̃ kask]
還好他當時有戴著安全帽。

caramel
[kaʀamɛl]
焦糖

Tu sais faire le caramel ?
[ty sɛ fɛʀ lə kaʀamɛl]
你知道怎麼做焦糖嗎？

kiwi

[kiwi]
奇異果

Le kiwi est plein de vitamines.

[lə kiwi ɛ plɛ̃ də vitamin]
奇異果有很多維他命。

類似注音ㄎ，感受到空氣排出。

lac

[lak]
湖

On peut faire de la planche à voile sur le lac.

[ɔ̃ pø fɛʀ də la plɑ̃ʃ a vwal syʀ lə lak]
我們可以在湖上玩帆船。

coq

[kɔk]
公雞

Le coq est‿un symbole national de la France.

[lə kɔk ɛ tɛ̃ sɛ̃bɔl nasjɔnal də la fʀɑ̃s]
公雞是法國的代表物。

MP3-56

casquette

[kaskɛt]
棒球帽

Le garçon à la casquette verte est mon frère.

[lə gaʀsɔ̃ a la kaskɛt vɛʀt ɛ mɔ̃ fʀɛʀ]
戴著綠色棒球帽的男孩是我的弟弟。

發音
ㄎ

k

clé

[kle]
鑰匙

La clé est cachée dans le pot de fleur.

[la kle ɛ kaʃe dã lə po də flœʀ]
鑰匙藏在花盆裡。

cravate

[kʀavat]
領帶

Tu dois acheter un costume et une cravate.

[ty dwa aʃte ɛ̃ kɔstym e yn kʀavat]
你應該要買一套西裝和一條領帶。

banque

[bɑ̃k]
銀行

Où se trouve ta banque?

[u sə tʁuv ta bɑ̃k]
你的銀行在哪裡？

類似注音ㄎ，感受到空氣排出。

classe

[klɑs]
班級

Il y a dix‿élèves dans ma classe.

[il ja di zelɛv dɑ̃ ma klɑs]
我的班有十個學生。

cuillère

[kɥijɛʀ]
湯匙

Ajouter une cuillère à café de sucre.

[aʒute yn kɥijɛʀ a kafe də sykʀ]
加入一茶匙的糖。

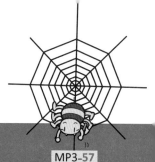

MP3-57

gâteau

[gɑto]

蛋糕

Tu peux me donner ta recette de gâteau?

[ty pø mə dɔne ta ʁəsɛt də gɑto]

你可以給我你的蛋糕食譜嗎？

發音 《

garage

[gaʁaʒ]

車庫

La voiture est dans le garage.

[la vwatyʁ ɛ dɑ̃ lə gaʁaʒ]

車子在車庫裡。

g

aigle

[ɛgl]

老鷹

J'ai photographié un‿aigle.

[ʒɛ fɔtɔgʁafje ɛ̃ nɛgl]

我拍了一隻老鷹的照片。

gouvernement

[guvɛʁnəmã]

政府

Le gouvernement s'est rassemblé.

[lə guvɛʁnəmã sɛ ʁasãble]

政府官員聚集開會。

類似注音ㄍ，感受聲帶震動。

groupe

[gʁup]

團體

Il joue dans‿un groupe de musique.

[il ʒu dã zɛ̃ gʁup də myzik]

他在一個樂團裡演奏。

guichet

[giʃɛ]

櫃台

Adressez-vous au guichet numéro 5.

[adʁese-vu o giʃɛ nymeʁo sɛ̃k]

請您到 5 號櫃檯。

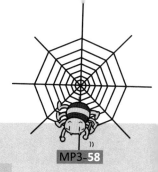

MP3-58

bague

[bag]

戒指

J'ai retrouvé ma bague sous le lit.

[ʒɛ ʀətʀuve ma bag su lə li]

我在床下面找到我的戒指了。

發音

《

g

blague

[blag]

笑話

Ta blague est très‿amusante.

[ta blag ɛ tʀɛ zamyzɑ̃t]

你的笑話真有趣。

gare

[gaʀ]

車站

Je suis‿arrivé à la gare.

[ʒə sɥi zaʀive a la gaʀ]

我已經到了車站了。

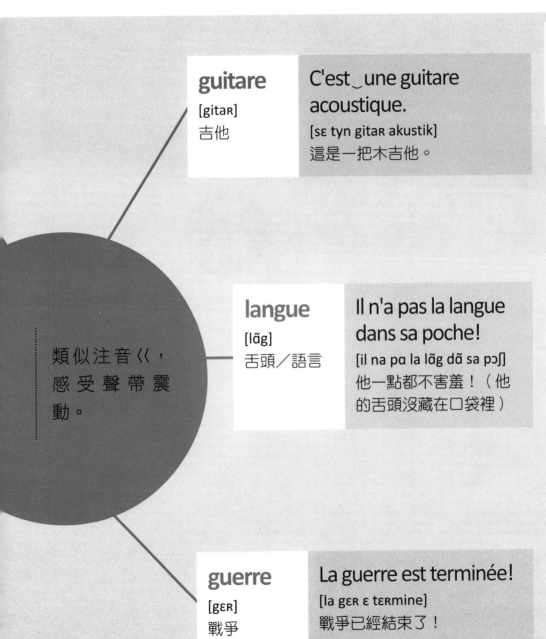

guitare
[gitaʀ]
吉他

C'est‿une guitare acoustique.
[sɛ tyn gitaʀ akustik]
這是一把木吉他。

類似注音ㄍ，感受聲帶震動。

langue
[lɑ̃g]
舌頭／語言

Il n'a pas la langue dans sa poche!
[il na pɑ la lɑ̃g dɑ̃ sa pɔʃ]
他一點都不害羞！（他的舌頭沒藏在口袋裡）

guerre
[gɛʀ]
戰爭

La guerre est terminée!
[la gɛʀ ɛ tɛʀmine]
戰爭已經結束了！

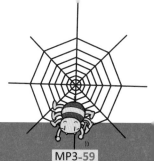

MP3-59

humour

[ymuʀ]

幽默

Il a le sens de l'humour!

[il a lə sãs də lymuʀ]

他有幽默感！

發音

m

magasin

[magazɛ̃]

商店

Je cherche un magasin de chaussures.

[ʒə ʃɛʀʃ ɛ̃ magazɛ̃ də ʃosyʀ]

我在找一間鞋店。

m

mur

[myʀ]

牆壁

Je vais accrocher ce tableau au mur.

[ʒə vɛ akʀɔʃe sə tablo o myʀ]

我要把這幅畫掛在牆上。

homme

[ɔm]
男人

C'est‿un grand‿homme
d'état.

[sɛ tɛ̃ gʀɑ̃ tɔm deta]
這是一位偉大的人物。

message

[mesaʒ]
訊息

Je t'ai envoyé un
message hier.

[ʒə tɛ ɑ̃vwaje ɛ̃ mesaʒ ijɛʀ]
我昨天傳了一則訊息給
你。

類似注音ㄇ。

film

[film]
電影

Je n'ai pas encore vu ce
film.

[ʒə nɛ pɑ ɑ̃kɔʀ vy sə film]
我還沒看過這部電影。

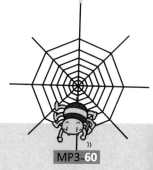

MP3-60

météo

[meteo]

氣象／天氣

La météo de nos vacances a été excellente!

[la meteo də no vakɑ̃s a ete ɛksɛlɑ̃t]

我們假期的天氣很好！

發音

m

femme

[fam]

女人

Ma femme est taïwanaise.

[ma fam ɛ taiwanɛz]

我的太太是台灣人。

semaine

[səmɛn]

星期

On se voit la semaine prochaine.

[ɔ̃ sə vwa la səmɛn prɔʃɛn]

我們下個星期見了。

humeur

[ymœʀ]
情緒

Aujourd'hui il est de bonne humeur.

[auʒourdчi il ɛ də bɔn ymœʀ]
他今天心情很好。

類似注音ㄇ。

larme

[laʀm]
眼淚

Des larmes de joie coulent sur ses joues.

[de laʀm də ʒwa kul syʀ se ʒu]
喜極而泣的眼淚從她臉頰上流下。

machine

[maʃin]
機器

Le linge est dans la machine à laver.

[lə lɛ̃ʒ ɛ dɑ̃ la maʃin a lave]
髒衣服在洗衣機裡。

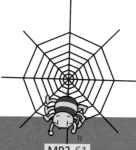

MP3-61

neveu
[nəvø]
外甥

Le neveu de Julien est‿
informaticien.
[lə nəvø də ʒyljẽ ɛ tẽfɔʀmatisjẽ]
朱利安的外甥是資訊工程師。

發音
ㄋ

nid
[ni]
巢穴

Petit‿à petit
l'oiseau fait son nid.
[pəti ta pəti lwazo fɛ sõ ni]
小鳥一步一步地築起牠
的巢。

n

nez
[ne]
鼻子

Cet enfant a un joli petit
nez.
[sɛt ãfã a ẽ ʒɔli pəti ne]
這個小孩有個漂亮的小鼻子。

jean

[dʒin]
牛仔褲

Elle aime les jeans déchirés.

[ɛl ɛm le dʒin deʃiʀe]
她喜歡撕破的牛仔褲。

類似注音ㄖ。

anniversaire

[aniveʀsɛʀ]
生日

Joyeux‿anniversaire!

[ʒwajø zaniveʀsɛʀ]
生日快樂！

Noël

[nɔɛl]
聖誕節

Il a neigé le jour de Noël.

[il a nɛʒe lə ʒuʀ də nɔɛl]
聖誕節當天下雪了。

PART 01

用蜘蛛網式連結法，輕鬆學好法語三十四個音標，串聯單字與例句

MP3-62

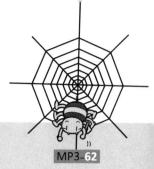

nièce
[njɛs]
外甥女

Ma nièce danse très bien.
[ma njɛs dɑ̃s tʀɛ bjɛ̃]
我的外甥女跳舞跳得很好。

發音
ㄋ

n

nature
[natyʀ]
大自然

J'aime me promener dans la nature.
[ʒɛm mə pʀɔmne dɑ̃ la natyʀ]
我喜歡在大自然裡散步。

naissance
[nɛsɑ̃s]
誕生

Quel est votre date de naissance?
[kɛl ɛ vɔtʀ dat də nɛsɑ̃s]
你的生日是什麼時候？

neige

[nɛʒ]

雪

Il y a beaucoup de neige dans les‿Alpes.

[il ja boku də nɛʒ dɑ̃ le zalp]

阿爾卑斯山區有很多雪。

université

[ynivɛʀsite]

大學

Il s'est‿inscrit à l'université.

[il sɛ tɛ̃skʀi a lynivɛʀsite]

他註冊大學了。

類似注音ㄋ。

nouvelles

[nuvɛl]

消息

Tu as des nouvelles de Stéphane?

[ty a de nuvɛl də stefan]

你有史蒂芬的消息嗎?

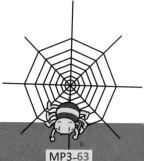

MP3-63

發音 ㄌ

l

lapin
[lapɛ̃]
兔子

Il aime caresser son petit lapin.
[il ɛm kaʀɛse sɔ̃ pəti lapɛ̃]
他喜歡撫摸他的小兔子。

il
[il]
他

Il est français.
[il ɛ fʀɑ̃sɛ]
他是法國人。

pull
[pyl]
毛衣

C'est‿un pull en laine.
[sɛ tɛ̃ pyl ɑ̃ lɛn]
這是一件羊毛材質的毛衣。

linge
[lɛ̃ʒ]
髒衣服

J'ai lavé ton linge.
[ʒɛ lave tɔ̃ lɛ̃ʒ]
我洗了你的髒衣服。

類似注音ㄌ。

livre
[livʀ]
書

Quel genre de livre lis-tu?
[kɛl ʒɑ̃ʀ də livʀ li-ty]
你看什麼種類的書？

pétrole
[petʀɔl]
石油

Ils‿ont découvert un gisement de pétrole.
[il zɔ̃ dekuvɛʀ ɛ̃ ʒizmɑ̃ də petʀɔl]
他們發現了一處油田。

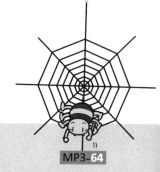

MP3-64

mademoiselle

[madmwazɛl] 小姐

Que désirez-vous boire mademoiselle?

[kə deziʀe-vu bwaʀ madmwazɛl]

小姐，您想喝什麼呢？

發音
ㄟ

I

elle

[ɛl]

她

Elle est française.

[ɛl ɛ fʀɑ̃sɛz]

她是法國人。

échelle

[eʃɛl]

梯子

J'ai besoin d'une échelle de 3 (trois) mètres.

[ʒɛ bəzwɛ̃ dyn eʃɛl də tʀwa mɛtʀ]

我需要一個 3 公尺高的梯子。

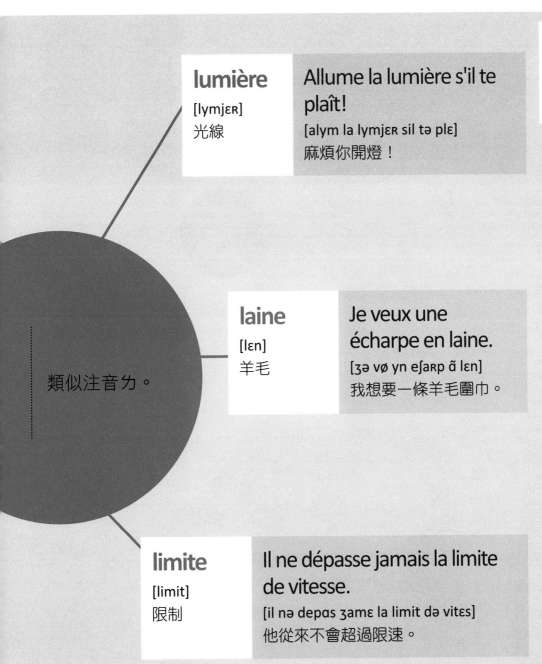

lumière

[lymjɛʀ]

光線

Allume la lumière s'il te plaît!

[alym la lymjɛʀ sil tə plɛ]

麻煩你開燈！

laine

[lɛn]

羊毛

Je veux une écharpe en laine.

[ʒə vø yn eʃaʀp ã lɛn]

我想要一條羊毛圍巾。

類似注音ㄌ。

limite

[limit]

限制

Il ne dépasse jamais la limite de vitesse.

[il nə depas ʒamɛ la limit də vitɛs]

他從來不會超過限速。

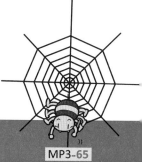

MP3-65

riz
[ʀi]
米

Il existe différentes variétés de riz.
[il ɛgzist difeʀɑ̃t vaʀjete də ʀi]
米的種類很多種。

發音
喝

R

maire
[mɛʀ]
市長

C'est le maire de Marseille.
[sɛ lə mɛʀ də maʀsɛj]
那位是馬賽的市長。

rhume
[ʀym]
感冒

Cet hiver j'ai seulement eu un petit rhume.
[sɛt ivɛʀ ʒɛ sœmã y ɛ̃ pəti ʀym]
這個冬天我只得過一個小感冒。

restaurant

[RɛstɔRɑ̃]
餐廳

Un nouveau restaurant vient d'ouvrir.

[ɛ̃ nuvo Rɛstɔʀɑ̃ vjɛ̃ duvʀiʀ]
一間剛開幕的餐廳。

類似「喝」，
像漱口由舌後
發出的振動
音。

cours

[kuʀ]
課程

Ce soir j'ai un cours de français.

[sə swaʀ ʒɛ ɛ̃ kuʀ də fʀɑ̃sɛ]
今晚我有一堂法語課。

four

[fuʀ]
烤爐

Le rôti est dans le four.

[lə Roti ɛ dɑ̃ lə fuʀ]
烤豬肉在烤爐裡。

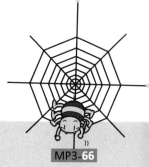

souris

[suʀi]

老鼠／滑鼠

Ma souris d'ordinateur a un joli design.

[ma suʀi dɔʀdinatœr a ɛ̃ ʒɔli dizajn]

我電腦的滑鼠有很漂亮的設計。

發音
喝

R

bière

[bjɛʀ]

啤酒

On boit beaucoup de bière en‿Alsace.

[ɔ̃ bwa boku də bjɛʀ ɑ̃ nalzas]

在阿爾薩斯我們喝很多啤酒。

terre

[tɛʀ]

泥土

Il y a de la terre sur tes chaussures.

[il ja də la tɛʀ syʀ te ʃosyʀ]

你的鞋子上有泥巴。

affaire

[afɛʀ]
東西

Range tes‿affaires dans l'armoire.

[ʀɑ̃ʒ te zafɛʀ dɑ̃ laʀmwaʀ]
把你的東西整理放進櫃子裡。

類似「喝」，像漱口由舌後發出的振動音。

part

[paʀ]
一部分

Tu veux une part de gâteau?

[ty vø yn paʀ də gato]
你想要一小塊蛋糕嗎？

rencontre

[ʀɑ̃kɔ̃tʀ]
相遇

J'ai fait une belle rencontre.

[ʒɛ fɛ yn bɛl ʀɑ̃kɔ̃tʀ]
我有一個很棒的相遇。

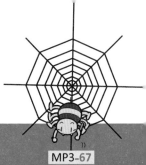

MP3-67

jardin

[ʒaʀdɛ̃]

花園

Il est parti se promener dans le jardin.

[il ɛ paʀti sə pʀɔmne dɑ̃ lə ʒaʀdɛ̃]

他離開到花園裡散步去了。

發音

具

janvier

[ʒɑ̃vje]

一月

En janvier, je vais en‿Italie.

[ɑ̃ ʒɑ̃vje, ʒə vɛ ɑ̃ nitali]

一月份，我要去義大利。

3

déjeuner

[deʒœne]

午餐

Ce midi j'ai déjeuné avec Marie.

[sə midi ʒɛ deʒœne avɛk maʀi]

今天中午我跟瑪麗一起去吃飯。

argent

[aʀʒɑ̃]
金錢

Je te dois de l'argent.

[ʒə tə dwa də laʀʒɑ̃]
我還欠你一些錢。

âge

[ɑʒ]
年紀

Quel âge as-tu?

[kɛl ɑʒ a-ty]
你幾歲？

類似「具」但
是音短。

courage

[kuʀaʒ]
勇氣

Il ne manque pas de
courage.

[il nə mãk pa də kuʀaʒ]
他不缺乏勇氣。

MP3-68

orange
[ɔʀɑ̃ʒ]
橘子／橘色

Une voiture orange, c'est‿original!
[yn vwatyʀ ɔʀɑ̃ʒ, sɛ tɔʀiʒinal]
一輛橘色的車子，真是獨特！

發音
具

3

jalousie
[ʒaluzi]
嫉妒

Il n'y a pas de jalousie entre eux.
[il ni a pɑ də ʒaluzi ɑ̃tʀ œ]
他們之間沒有嫉妒的存在。

éponge
[epɔ̃ʒ]
海綿

Cette éponge lave bien.
[sɛt epɔ̃ʒ lav bjɛ̃]
這塊海綿很好洗。

image

[imaʒ]
圖片

Il collectionne des‿images de super héros.

[il kɔlɛksjɔn de zimaʒ də sype eʀo]
他收集超級英雄的圖片。

類似「具」但
是音短。

joue

[ʒu]
臉頰

Un papillon s'est posé sur sa joue.

[ɛ̃ papijɔ̃ sɛ poze syʀ sa ʒu]
一隻蝴蝶停在他的臉頰上。

agence

[aʒɑ̃s]
公司

Il travaille dans‿une agence photo.

[il tʀavaj dɑ̃ zyn aʒɑ̃s fɔto]
他在一間攝影公司上班。

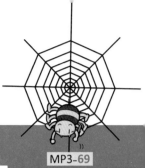

MP3-69

chien
[ʃjɛ̃]
狗

Les chiens sont gentils en général.
[le ʃjɛ̃ sɔ̃ ʒɑ̃ti ɑ̃ ʒeneʀal]
狗兒通常都很善良。

發音
噓

chat
[ʃa]
貓

Les chats sont plus‿ indépendants que les chiens.
[le ʃa sɔ̃ ply zɛ̃depɑ̃dɑ̃ kə le ʃjɛ̃]
貓咪比狗兒獨立。

∫

chauffage
[ʃofaʒ]
暖氣

Les gens mettent le chauffage quand‿ il fait très froid.
[le ʒɑ̃ mɛt lə ʃofaʒ kɑ̃ til fɛ tʀɛ fʀwɑ]
當天氣很冷的時候，人們會放暖氣。

champagne

[ʃɑ̃paɲ]

香檳

On célèbre leur mariage au champagne.

[ɔ̃ selɛbʀ lœʀ maʀjaʒ o ʃɑ̃paɲ]

我們用香檳慶祝他們的婚禮。

類似「嘘」。

dimanche

[dimɑ̃ʃ]

星期天

Il part en France dimanche prochain.

[il paʀ ɑ̃ fʀɑ̃s dimɑ̃ʃ pʀɔʃɛ̃]

下星期天他出發到法國去。

chocolat

[ʃɔkɔla]

巧克力

J'adore le chocolat chaud.

[ʒadɔʀ lə ʃɔkɔla ʃo]

我超愛熱巧克力。

MP3-70

chambre

[ʃɑ̃bʀ]
房間

Ma chambre
fait à peu près
15(quinze) m².

[ma ʃɑ̃bʀ fɛ a pø pʀɛ
kɛ̃z mɛtʀ kaʀe]
我的房間大約 15 平
方米。

發音
噓

ʃ

chaussure

[ʃosyʀ] 鞋子

Il faut une bonne paire
de chaussures pour la
randonnée.
[Il fo yn bɔn pɛʀ də ʃosyʀ puʀ la ʀɑ̃dɔne]
健行需要一雙好的鞋子。

chaussette

[ʃosɛt]
襪子

Je ne trouve pas mes
chaussettes.
[ʒə nə tʀuv pa me ʃosɛt]
我找不到我的襪子。

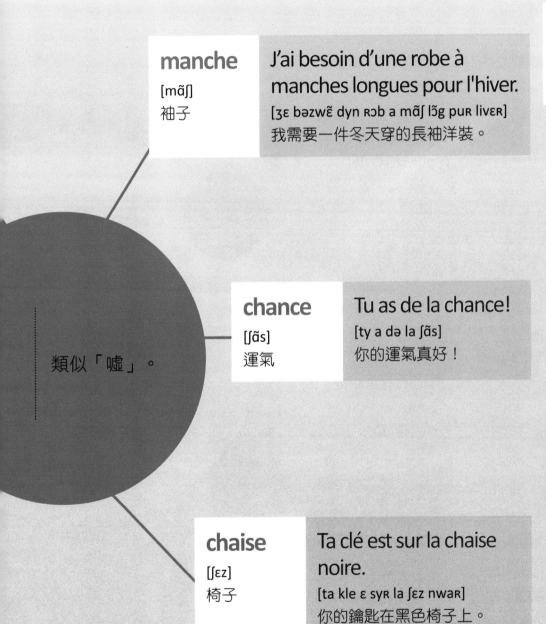

manche
[mãʃ]
袖子

J'ai besoin d'une robe à manches longues pour l'hiver.
[ʒɛ bəzwɛ̃ dyn ʀɔb a mãʃ lõg puʀ livɛʀ]
我需要一件冬天穿的長袖洋裝。

類似「嘘」。

chance
[ʃãs]
運氣

Tu as de la chance!
[ty a də la ʃãs]
你的運氣真好！

chaise
[ʃɛz]
椅子

Ta clé est sur la chaise noire.
[ta kle ɛ syʀ la ʃɛz nwaʀ]
你的鑰匙在黑色椅子上。

MP3-71

peigne

[pɛɲ]

扁梳

Ce peigne est très pratique pour se coiffer.

[sə pɛɲ ɛ tʀɛ pʀatik puʀ sə kwafe]

用扁梳來做造型很方便。

發音
涅

beignet

[bɛɲɛ]

甜甜圈

J'aime bien les beignets à la pomme.

[ʒɛm bjɛ̃ le bɛɲɛ a la pɔm]

我喜歡蘋果口味的甜甜圈。

ɲ

signe

[siɲ]

符號／星座

Quel est ton signe astrologique?

[kɛl ɛ tɔ̃ siɲ astʀɔlɔʒik]

你的星座是什麼？

champignon

[ʃɑ̃piɲɔ̃]

香菇

La truffe est‿une sorte de champignon.

[la tʁyf ɛ tyn sɔʁt də ʃɑ̃piɲɔ̃]

松露是一種菇類。

類似「涅」，但是音短。

cygne

[siɲ]

天鵝

Il y a des cygnes sur le lac.

[il ja de siɲ syʁ lə lak]

湖上面有幾隻天鵝。

compagnon

[kɔ̃paɲɔ̃]

男伴侶

Elle vit avec son compagnon.

[ɛl vi avɛk sɔ̃ kɔ̃paɲɔ̃]

她和她的男伴侶住在一起。

MP3-72

campagne

[kɑ̃paɲ]

鄉下

Mes parents aimeraient vivre à la campagne.

[me parɑ̃ ɛmrɛ vivr a la kɑ̃paɲ]

我的父母希望住在鄉下。

發音
涅

ɲ

montagne

[mɔ̃taɲ]

高山

On va faire de la randonée en montagne.

[ɔ̃ va fɛr də la rɑ̃dɔne ɑ̃ mɔ̃taɲ]

我們要去山上健行。

baignoire

[bɛɲwar]

浴缸

Il y a une baignoire dans la salle de bain.

[il ja yn bɛɲwar dɑ̃ la sal də bɛ̃]

浴室裡有一個浴缸。

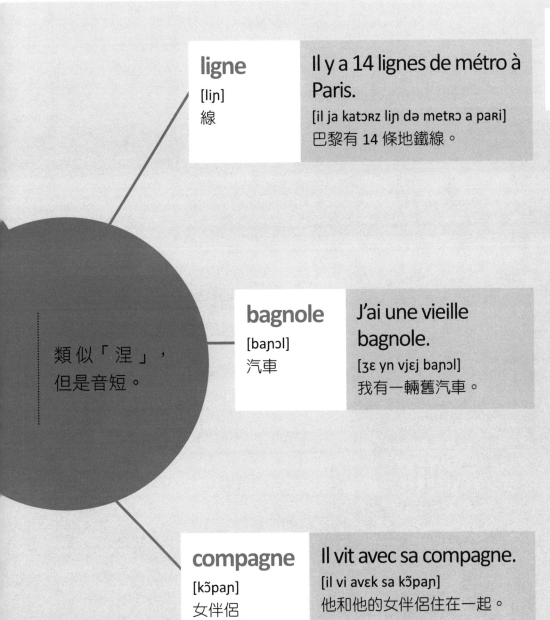

ligne

[liɲ]

線

Il y a 14 lignes de métro à Paris.

[il ja katɔʀz liɲ də metʀɔ a paʀi]

巴黎有 14 條地鐵線。

bagnole

[baɲɔl]

汽車

J'ai une vieille bagnole.

[ʒɛ yn vjɛj baɲɔl]

我有一輛舊汽車。

類似「涅」，但是音短。

compagne

[kɔ̃paɲ]

女伴侶

Il vit avec sa compagne.

[il vi avɛk sa kɔ̃paɲ]

他和他的女伴侶住在一起。

Bonne nuit.

[bɔn nɥi]

晚安。

PART2

蜘蛛網式擴大法，
實用會話現學現説

前面單元介紹法語的三十四個音標。現在就讓我們把學過的字彙以及例句套用在實際的生活上吧！這單元提供「互相認識」、「飯店訂房」、「詢問地點」、「逛街購物」、「咖啡廳點餐」、「餐廳訂位」六種情境，您不僅可以將字彙套用在這幾句短短的會話裡，當然，您也可以試著將前面學到的例句加到情境中，讓會話的內容更豐富，您將發現開口説法語一點都不難！

一、互相認識

Comment tu t'appelles? 你叫什麼名字？

01 Demander 詢問

▶ 男： **Bonjour, comment vous vous‿appelez?**

[bɔ̃ʒuʀ, kɔmɑ̃ vu vu zapəle] 你好，您叫什麼名字？

▶ 女： **Bonjour, vous vous‿appelez comment?**

[bɔ̃ʒuʀ, vu vu zapəle kɔmɑ̃] 你好，你叫什麼名字？

▶ 男： **Quel est votre nom?**

[kɛl ɛ vɔtʀ nɔ̃] 您怎麼稱呼？

02 Répondre 回覆

▶ 女： **Je m'appelle Charlotte et vous?**

[ʒə mapɛl ʃaʀlɔt e vu] 我叫夏洛特，您呢？

▶ 男： **Je m'appelle Marc, enchanté!**

[ʒə mapɛl maʀk, ɑ̃ʃɑ̃te] 我叫馬克，幸會！

▶ 女： **Enchantée!**

[ɑ̃ʃɑ̃te] 幸會！

二、飯店訂房

Réserver une chambre. 預訂一間房間。

01 Récéption 飯店櫃檯
MP3-74

▶ **Hôtel du Lys, Bonjour.**

[otɛl dy lis bɔ̃ʒuʀ] 莉絲飯店，您好。

▶ **Pour quelle date, s'il vous plaît?**

[puʀ kɛl dat, sil vu plɛ] 請問要訂哪一天？

▶ **C'est‿à quel nom, s'il vous plaît?**

[sɛ ta kɛl nɔ̃ sil vu plɛ] 請問登記誰的名字？

02 Client 客戶訂房

▶ **Bonjour Madame, je voudrais réserver une chambre pour deux personnes.**

[bɔ̃ʒuʀ madam ʒə vudʀɛ ʀezɛʀve yn ʃɑ̃bʀ puʀ dø pɛʀsɔn]
您好女士，我想要預定一間雙人房。

▶ **Le mardi 10(dix) février.**

[lə maʀdi dis fevʀije] 二月 10 日星期二。

▶ **Richard, R.I.C.H.A.R.D.**

[ʀiʃaʀ, ɛʀ i se aʃ a ɛʀ de] 瑞查，R.I.C.H.A.R.D。

三、詢問地點
Où est la gare? 車站在哪裡？

01 Demander son chemin 問路
MP3-75

▶ **Excusez-moi Madame, où est la gare?**

[ɛkskyze-mwa madam, u ɛ la gaʀ] 不好意思女士，請問車站在哪裡？

▶ **Excusez-moi Madame, la gare c'est par où?**

[ɛkskyze-mwa madam, la gaʀ sɛ paʀ u] 不好意思女士，請問車站往哪邊走？

▶ **Pardon Madame, je cherche la gare.**

[paʀdɔ̃ madam, ʒə ʃɛʀʃ la gaʀ] 不好意思女士，我在找車站。

02 Indiquer la direction 指引路徑

▶ **Prenez la première rue à gauche.**

[pʀəne la pʀəmjɛʀ ʀy a goʃ] 走左邊的第一條路。

▶ **Allez tout droit, ensuite prenez la rue à droite.**

[ale tu dʀwa, ɑ̃sɥit pʀəne la ʀy a dʀwat]
您直走，然後再走右邊的那條路。

▶ **La gare est‿à une cinquantaine de mètres.**

[la gaʀ ɛ ta yn sɛ̃kɑ̃tɛn də mɛtʀ] 車站大約在五十公尺處。

四、逛街購物
Acheter un sac Longchamps 購買龍驤包包

01 Client 顧客 MP3-76

▶ **Bonjour, je voudrais un sac de ce modèle.**

[bɔ̃ʒuʀ, ʒə vudʀɛ ɛ̃ sak də sə mɔdɛl] 您好，我想要這個款式的包包。

▶ **Avez-vous ce sac en rouge?**

[ave-vu sə sak ɑ̃ ʀuʒ] 您們有這款包包，紅色的嗎？

▶ **Je peux payer par carte de crédit?**

[ʒə pø peje paʀ kaʀt də kʀedi] 我可以用信用卡付款嗎？

02 Vendeur 售貨員

▶ **Veuillez patienter, je vais vous le chercher.**

[vœje pasjɑ̃te, ʒə vɛ vu lə ʃɛʀʃe] 請稍等，我去幫您拿。

▶ **Non, il n'y en ‿a plus.**

[nɔ̃, il ni ɑ̃ na ply] 沒有了，已經沒有貨了。

▶ **Oui, veuillez rentrer votre code.**

[wi, vœje ʀɑ̃tʀe vɔtʀ kɔd] 可以的，請輸入您的密碼。

⑬ Grandes marques françaises 法國名牌

▶ **Louis Vuitton**

[lwi vɥitɔ̃] 路易威登

▶ **Chanel**

[ʃanɛl] 香奈兒

▶ **Dior**

[djɔR] 迪奧

▶ **Hermès**

[ɛRmɛs] 愛馬仕

▶ **Longchamps**

[lɔ̃ʃɑ̃] 瓏驤

▶ **Yves Saint Laurent**

[iv sɛ̃ lɔRɑ̃] 聖羅蘭

五、咖啡廳點餐

Commander dans un café 咖啡廳點餐

01 **Vendeur** 店員 🕷 MP3-77

▷ **Bonjour Monsieur, vous désirez?**

[bɔ̃ʒuʀ məsjø, vu deziʀe] 您好女士，您想要什麼呢？

▷ **Bonjour Madame, que souhaitez-vous boire?**

[bɔ̃ʒuʀ madam, kə swɛte-vu bwaʀ] 您好女士，請問您想要喝什麼？

▷ **Vous désirez autre chose?**

[vu deziʀe otʀ ʃoz] 您還要其他東西嗎？

▷ **2,10(deux euro dix)€ s'il vous plaît.**

[dø zøʀo dis sil vu plɛ] 2,10 歐元麻煩您。

02 Client 顧客

▶ **Un Cappuccino s'il vous plaît.**

[ɛ̃ kaputʃino sil vu plɛ] 一杯卡布奇諾，麻煩您。

▶ **Je vais prendre un‿éclair au café, s'il vous plaît.**

[ʒə vɛ pʀɑ̃dʀ ɛ̃ neklɛʀ o kafe, sil vu plɛ] 我要點一個咖啡口味的閃電泡芙，麻煩您。

▶ **Non, ça sera tout.**

[nɔ̃, sa səʀa tu] 不用，這樣就夠了。

▶ **Tenez.**

[təne] 請收（錢）。

03 Desserts classiques français 經典法式甜點

▶ **macaron**

[makaʁɔ̃] 馬卡龍

▶ **fondant au chocolat**

[fɔ̃dɑ̃ o ʃɔkɔla] 熔岩巧克力

▶ **crème brûlée**

[kʁɛm bʁyle] 焦糖布蕾

▶ **éclair**

[eklɛʁ] 閃電泡芙

▶ **crêpe**

[kʁɛp] 法式可麗餅

▶ **mont-blanc**

[mɔ̃blɑ̃] 蒙布朗栗子泥

六、餐廳訂位
Arriver au restaurant 抵達餐廳

01 Serveur 服務生 MP3-78

▶ **Bonjour Monsieur, pour combien de personnes?**

[bɔ̃ʒuʀ məsjø, puʀ kɔ̃bjɛ̃ də pɛʀsɔn] 先生您好，請問幾位？

▶ **Vous‿avez réservé?**

[vu zave ʀezɛʀve] 請問您訂位了嗎？

▶ **Voici la carte.**

[vwasi la kaʀt] 這是菜單。

02 Client 顧客

▶ **C'est pour cinq personnes.**

[sɛ puʀ sɛ̃k pɛʀsɔn] 五位。

▶ **Oui, au nom de Dupont.**

[wi, o nɔ̃ də dypɔ̃] 以杜邦的名字訂位。

▶ **Merci.**

[mɛʀsi] 謝謝。

03 Plats français 常見法式主菜

▶ **confit de canard**

[kɔ̃fi də kanaʀ] 油封鴨腿

▶ **bœuf bourguignon**

[bœf buʀɡiɲɔ̃] 勃艮第紅酒燉牛肉

▶ **bouillabaisse**

[bujabɛs] 馬賽魚湯

▶ **moules frites**

[mul fʀit] 淡菜＋薯條

▶ **quiche lorraine**

[kiʃ lɔʀɛn] 洛林鹹派

▶ **magret de canard**

[maɡʀɛ də kanaʀ] 煎鴨

04 Les nombres 數字 MP3-79

	法語數字			法語數字
0	**zéro** [zeʀo]	10	**dix** [dis]	
1	**un** [ɛ̃]	11	**onze** [ɔ̃z]	
2	**deux** [dø]	12	**douze** [duz]	
3	**trois** [tʀwa]	13	**treize** [tʀɛz]	
4	**quatre** [katʀ]	14	**quatorze** [katɔʀz]	
5	**cinq** [sɛ̃k]	15	**quinze** [kɛ̃z]	
6	**six** [sis]	16	**seize** [sɛz]	
7	**sept** [sɛt]	17	**dix-sept** [di-sɛt]	
8	**huit** [ɥit]	18	**dix-huit** [di-zɥit]	
9	**neuf** [nœf]	19	**dix-neuf** [dis-nœf]	

法語數字		法語數字	
20	vingt [vɛ̃]	51	cinquante-et-un [sɛ̃kɑ̃t-ɛ-ɛ̃]
21	vingt-et-un [vɛ̃-tɛ-ɛ̃]	60	soixante [swasɑ̃t]
22	vingt-deux [vɛ̃-dø]	61	soixante-et-un [swasɑ̃t-ɛ-ɛ̃]
23	vingt-trois [vɛ̃-tʀwa]	70	soixante-dix [swasɑ̃t-dis]
28	vingt-huit [vɛ̃-tɥit]	71	soixante-et-onze [swasɑ̃t-ɛ-ɔ̃z]
30	trente [tʀɑ̃t]	80	quatre-vingts [katʀ-vɛ̃]
31	trente-et-un [tʀɑ̃t-ɛ-ɛ̃]	81	quatre-vingt-un [katʀ-vɛ̃-ɛ̃]
40	quarante [kaʀɑ̃t]	90	quatre-vingt-dix [katʀ-vɛ̃-dis]
41	quarante-et-un [kaʀɑ̃t-ɛ-ɛ̃]	91	quatre-vingt-onze [katʀ-vɛ̃-ɔ̃z]
50	cinquante [sɛ̃kɑ̃t]	100	cent [sɑ̃]

NOTE

NOTE

國家圖書館出版品預行編目資料

蜘蛛網式學習法：12 小時法語發音、單字、
會話，一次搞定！/ Christophe LEMIEUX-
BOUDON、Mandy HSIEH　著
-- 初版 -- 臺北市：瑞蘭國際 ,2015.03
192 面；17 x 23 公分 --（繽紛外語系列；44）
ISBN：978-986-5639-16-7（平裝附光碟片）
1. 法語 2. 讀本
804.58　　　　　　　　　　　　　104002802

繽紛外語系列 44

蜘蛛網式學習法：
12小時法語
發音、單字、會話，一次搞定！

作者｜Christophe LEMIEUX-BOUDON、Mandy HSIEH

責任編輯｜王彥萍、潘治婷、王愿琦

校對｜Christophe LEMIEUX-BOUDON、Mandy HSIEH、Anne GUINAUDEAU、王彥萍、潘治婷、王愿琦

法語錄音｜Christophe LEMIEUX-BOUDON、Charlotte Pollet
錄音室｜采漾錄音製作有限公司
封面設計、內文排版｜劉麗雪
印務｜王彥萍

董事長｜張暖彗・社長兼總編輯｜王愿琦・主編｜王彥萍
主編｜葉仲芸・編輯｜潘治婷・編輯｜紀珊・設計部主任｜余佳憓
業務部副理｜楊米琪・業務部專員｜林湲淘・業務部助理｜張毓庭

出版社｜瑞蘭國際有限公司・地址｜台北市大安區安和路一段 104 號 7 樓之 1
電話｜(02)2700-4625・傳真｜(02)2700-4622・訂購專線｜(02)2700-4625
劃撥帳號｜19914152 瑞蘭國際有限公司
瑞蘭網路書城｜www.genki-japan.com.tw
總經銷｜聯合發行股份有限公司・電話｜(02)2917-8022、2917-8042
傳真｜(02)2915-6275、2915-7212・印刷｜宗祐印刷有限公司
出版日期｜2015 年 03 月初版 1 刷・定價｜320 元・ISBN｜978-986-5639-16-7

瑞蘭國際

瑞蘭國際